외로움을 마주하는 자세

외로움을 마주하는 자세

초 판 1쇄 2022년 08월 12일

지은이 이수아
펴낸이 류종렬

펴낸곳 미다스북스
총괄실장 명상완
책임편집 이다경
책임진행 김가영, 신은서, 임종익, 박유진

등록 2001년 3월 21일 제2001-000040호
주소 서울시 마포구 양화로 133 서교타워 711호
전화 02) 322-7802~3
팩스 02) 6007-1845
블로그 http://blog.naver.com/midasbooks
전자주소 midasbooks@hanmail.net
페이스북 https://www.facebook.com/midasbooks425
인스타그램 https://www.instagram/midasbooks

© 이수아, 미다스북스 2022, *Printed in Korea*.

ISBN 979-11-6910-050-2 03810

값 17,000원

자신을 지켜내는 슬기로운 생각 38

외로움을 마주하는 자세

이승욱 지음

미다스북스

당신의 사랑을 내게 준다면

결혼을 두 달 앞둔 스물일곱의 겨울이었습니다. 언니와 함께 강남에 있는 어느 곳으로, 남편이 될 그와의 궁합을 보러 갔습니다. 언니 말로는 강남에서 잘 맞추기로 유명한 분이라고 했습니다. 중년의 여성분이 저와 남편의 사주를 풀고 궁합을 봐주셨습니다. 제 팔자에 자식은 있는데 딸이 없다고 했습니다.

아들 둘을 낳고서야 그때 보았던 사주를 믿게 되었습니다. 많은 이야기를 해 주셨는데 다른 건 기억나지 않습니다. 다만, 잊히지 않는 한 가지가 있습니다. 그것은 중년의 여성분이 저를 왕 꽃에 비유하면서 해준 말씀입니다. "운의 주기는 십 년 단위로 오가는데 마흔이 되기 전까진 어두워요. 마흔부터 피어날 것입니다. 한번 피어나면 만개하는 꽃입니다. 사십 년을 어둠에 살았으니 사십 년은 빛 속에 살 거예요."

아이들이 아가 티를 벗고 어린이가 되어가던 어느 날, 제가 좋아하던 음식이 무엇이었는지 기억나지 않았습니다. 공허함을 채우려 난독증을 극복하고 책을 읽기 시작했습니다. 책을 읽다 보니 글을 쓰고 싶었습니다. 누군가와 대화를 나누고 싶은 마음이 글쓰기로 나아가게 한 것입니다. 저에게 있어서 책은 생명수이고, 글쓰기는 산소입니다. 이제는 독서와 글쓰기를 분리한 삶을 상상할 수 없게 되었습니다.

삼 년간 에세이를 쓰면서 두 가지 형식의 글쓰기를 익혔습니다. 한 가지는 묘사가 들어간 소설 형식의 에세이이고, 다른 한 가지는 일이나 상황을 자세히 이야기하는 진술 형식의 에세이입니다. 책이 재밌게 읽혔으면 하는 바람으로 두 가지 형식의 에세이를 담아 온도 차를 주려고 애썼습니다.

이 책은 아픔이라는 옷을 벗고 스스로 지켜내기 위한 과정의 기록입니다. 총 4부로 구성되어 있습니다. 1부는 저의 우주인 어머니에 대해 썼습니다. 정의 내리기 힘든 존재인 만큼, 어머니를 견디며 저를 지켜야 했던 날들이 있었습니다. 그리고 이제는 제가 어머니를 지켜드려야 하는 시점입니다. 여러분께 어머니라는 존재는 지켜 드려야 하는 사람인가요? 견뎌내야 하는 사람인가요?

2부는 저를 안아 준 장소를 썼습니다. 지긋지긋한 촌집, 저를 꿈꾸게 한 세부의 수영장, 불안으로 달려갔던 책방, 마음의 안정을 얻고자 찾아간 수영장, 할머니의 온정과 같은 갯벌에서의 기억은 서로 연결되어 다양한 선을 만들었습니다. 기억나는 장소가 있으신가요? 저마다 특별한 장소가 있을 것입니다.

3부는 눈에 보이지 않는 감정을 썼습니다. 옳고 그름이 없는 성역인 감정은 하루에도 몇 번씩 다른 얼굴로 찾아옵니다. 글쓰기라는 돋보기로 막연한 감정을 들여다보며 조금씩 알아가는 시간이었습니다.

4부는 지금의 저를 있게 해준 글에 관해 썼습니다. 책을 읽을 때면 자꾸만 대화를 나누고 싶은 마음이 됩니다. 대화가 필요한데 나눌 사람이 없을 때, 여러분은 어떻게 하시나요? 그 마음을 글로 풀어냈습니다. 책과 나누는 대화 그 사이에는, 저의 베스트 프렌드인 글쓰기가 있습니다.

내가 누구인지 알 수 없어 서성이고 있다면, 사회와 타인으로부터 나를 지켜내는 방법을 찾고 있다면, 상처받은 마음을 안고 어딘가에서 아파하고 있다면, 저의 손을 잡아주세요. 온기가 되어 당신에게로 스미고 싶습니다. 이 책은 당신에게 사랑받고 싶어서 내미는 손이자, 당신을 사랑하고 싶어서 내미는 손입니다.

사주풀이를 해주신 중년의 여성분 말씀이 정말이라면, 지금의 저는 꽃봉오리일 것입니다. 꽃은 혼자서 피어나는 듯 보이지만 그렇지 않습니다. 비옥한 땅, 햇빛, 물이 있어야 합니다. 글로 마음의 밭을 갈아 아직

외로움을 마주하는 자세

피어나지 않은 꽃봉오리로 당신 앞에 홀로 서 있습니다. 봉오리를 틔울 수 있도록 햇빛과 물이 되어줄 당신을 기다립니다. 저의 손을 잡아줄 당신과 함께 만개하고 싶습니다.

프롤로그 당신의 사랑을 내게 준다면   004

1부 하나의 사람이 담긴 우주

01 사랑의 다른 이름, 이제는 제가 당신의 기둥이 되겠습니다   013
02 하루하루 버티다 보면 언젠가는 다 지나간다   022
03 너는 누군가에게 너무 특별해   027
04 존재 자체로도 빼어난 우리   037
05 누군가를 영원히 기억하기 위한 빈자리   044
06 올바른 방식의 사랑은 원하는 걸 주는 것이다   056

2부 장소와 기억이 빚어낸 다양한 선

07 추억이 담긴 물건과 공간을 함부로 버리지 못하는 이유   069
08 한 번 더 당신을 바라보는 일, 온기를 품은 비언어   080
09 경험과 도전은 그 자체만으로도 가치 있다   085
10 누구나 하는 실수와 실패   096
11 생의 마지막에 가져갈 수 있는 게 있다면   102
12 화려함과 웅장함 뒤에 가려진 눈물   111

3부 옳고 그름이 없는 감정

13 공감을 잘하는 사람이 되기 위한 연습   123
14 자존감을 지켜내려면   128
15 서러움을 밑거름 삼아 나아가기   133
16 우리의 만남이 기억이 아닌 추억이 되려면   142

17 포기하지 않고 묵묵히 지속하기　　　　　146

18 관계의 시작점　　　　　152

19 인정받으려 하기보다 인정해주기　　　　　156

20 기꺼이 시간을 내어, 나를 사랑하기　　　　　162

21 따뜻한 말 한마디, 다정한 눈빛으로　　　　　167

22 부러움으로부터 나를 지키는 방법　　　　　174

23 마음을 기댈 수 있는 심리적 안정 기지　　　　　178

24 위로는 기다림이다　　　　　184

25 좋은 관계를 만들어주는, 진심　　　　　188

26 남성 공포라는 트라우마　　　　　194

27 작은 점이 모여 큰 행복의 선을 만들 때까지　　　　　201

28 한 단계 도약할 수 있는 기로에서 보이는 본심　　　　　205

4부 나를 있게 해준 글쓰기

29 어떠한 여건 속에서도 끝까지 나를 사랑하기　　　　　215

30 무엇을 해도 위로가 되지 않는다면　　　　　220

31 대화가 하고 싶은 날, 대화를 나눌 사람이 없을 때　　　　　224

32 나를 지탱해 주는 대나무 숲　　　　　230

33 힘 빼고 묵묵히 반복하기　　　　　240

34 나침반과 우물이 되어주는 독서　　　　　245

35 버티는 힘이 주는 삶의 유의미　　　　　250

36 세상과 손잡는 방법　　　　　256

37 외로움을 마주하는 자세　　　　　263

38 모든 답은 내 안에 있다　　　　　268

에필로그 절망 속에서도 꽃은 피고, 희망 속에 어둠이 드리우듯이　　　　　274

외로움을 마주하는 자세

1부

하나의 사람이 담긴 우주

01

사랑의 다른 이름,
이제는 제가 당신의 기둥이
되겠습니다

　내가 초등학생이던 90년대에는 워킹맘이라는 단어가 없던 시절이었다. 어린 나의 눈에는 일하는 어머니가 평범해 보이지 않았다. 그저 어머니가 회사에 나가는 게 싫었다. 학교를 마치고 집으로 가면 할머니가 기다리고 있었지만, 다른 친구들처럼 어머니가 곁에 있어 주었으면 했다.
　밤낮없이 일하던 어머니는 몸살이 나야지만 쉴 수 있었다. 어린 내가 할 수 있었던 건 어머니의 곁을 기웃거리는 일이었다. 방에서 신음이 새어 나오면 이마에 손을 얹어 보고 수건에 물을 적셔서 어머니의 얼굴을 닦아 주었다. 어린 손으로 있는 힘을 다해 짜도 흥건히 젖은 수건에서는 물이 뚝뚝 흘러내렸다. 물이 어머니의 뺨을 타고 흘러내리면 옷깃으로 닦아내었다.

"엄마, 이제 괜찮아?"

어머니는 눈을 감은 채 아무 말이 없으셨다. 그저 거친 숨소리만이 귓가에 맴돌 뿐이었다. 핼쑥해진 어머니의 얼굴은 다 낫지 않은 듯해 보였지만, 창백한 얼굴을 짙은 화장으로 가리고 가게로 향하셨다. 어머니는 늘 바빴고 가쁜 숨을 몰아쉬며 사느라 다정하지 못했다. 사춘기에 접어들 무렵이었다. 아무리 바빠도 그렇지, 자식에게 무관심하고 냉랭한 어머니를 이해할 수 없었다.

"내가 왜 엄마의 빈자리를 스스로 채워야 하는데."

사춘기였던 나는 화에 차올랐다. 삶에 치여 지친 어머니의 울분 섞인 짜증이 새어 나오는 날에는 더 화가 났다.

"남들은 가족 여행도 가고 맛있는 것도 먹는데 우리는 언제까지 이렇게 살아야 해?"

남들처럼 살고 싶은 마음을 품은 채 무뚝뚝한 딸로 자라났다. 남들에게는 살갑지만, 어머니에게만큼은 얼음물보다도 더 차가웠다.

"엄마는 날 돌보지 않았잖아. 내가 어떻게 자랐는지 알아? 돈 버는 거밖에 모르잖아!"

스무 살이 되어서 어머니를 향해 가시 돋친 말을 서슴없이 내뱉기 시작했다. 가슴에 돋아난 가시가 나도 모르게 입 밖으로 흘러나오는 것을 막을 수 없었다. 뾰족한 말도 지겨워져 갈 즈음 사랑이 찾아왔다. 그가 나와의 미래를 말할 때면 빨리 결혼하자는 말이 듣고 싶었다. 어머니와 내가 서로를 아프게 하며 지내는 것보다 결혼해서 집을 떠나는 게 나을 것이었다.

드디어 그가 청혼했고 결혼 준비를 시작했다. 신혼집으로 가면 과거는 지우고 새로운 삶을 시작할 수 있을 듯한 기대감으로, 철모르는 아이처럼 마냥 들떴다. 예쁜 드레스를 입을 생각에 신이 났고, 아기자기한 살림살이를 고르는 재미에 흠뻑 취했다. 예물은 어떤 걸로 할지, 신혼여행은 어디로 갈지 온라인 속을 유영하며 매시간이 즐거웠다. 삼 개월의 준비 끝에 결혼식 날이 다가왔다. 결혼식 전날엔 다들 잠이 안 온다던데 나는 꿀 같은 숙면에 들었다. 내일이면 다시 태어나는 거야, 새로운 삶을 사는 거야, 빨리 내일이 왔으면 좋겠다, 하고 생각하며 이불을 덮었다.

결혼식 날 아침까지도 어머니의 얼굴은 기억나지 않는다. 어머니가 눈에 들어오기 시작한 건 순백의 드레스를 입고 신부대기실 의자에 앉아 있을 때였다. 화사하게 화장한 어머니의 얼굴은 코끝만 빨갛게 도드라져 있었다.

"코 부분만 화장이 벗겨졌잖아. 화장하는 날은 자주 거울을 들여다보고 고쳐야지. 이게 뭐야."

결혼식장에 입장하기 위해 아버지의 손을 잡고 하객들 앞에 섰을 때 여기저기서 박수가 터져 나왔다. 모두가 날 축복해 주고 있었다. 한 발씩 내디디며 점점 주례사 단상에 가까워졌다. 그가 서 있는 단상 근처에 다다르자 좌우로 나란히 앉은 양가 부모님의 얼굴이 눈에 들어왔다. 시어머니는 환하게 웃었고 어머니는 눈시울을 붉히고 있었다. 어머니의 얼굴을 보는 순간 묘한 감정에 휩싸였다.

부모와 자식 사이에는 눈에 보이지 않는 탯줄이 있었다. 결혼이란, 어머니의 뱃속에서부터 이어진 탯줄을 자르는 것이었다. 말하지 않아도 느낌으로 전해진 그 무엇이 가슴을 파고들어 두 뺨을 타고 하염없이 흘러내렸다. 소중한 걸 잃어버린 듯한 기분이었다. 주례사가 끝나고 양가 부모님께 인사를 드렸다. 시어머니는 애닳은 목소리로 말씀하셨다.

"기쁜 날 와 이리 우노. 내가 다 눈물 날라 한다. 울다 지친다이가. 너한테 잘 할기다. 고만해라 이제."

십 대에는 사랑받지 못했다고 생각했다. 이십 대 중반에는 쓸모없는 사람이라는 생각에 지배당한 채 하느님의 곁으로 가려고 했었다. 하느님 께서 한 번 더 기회를 주셨을 때 병상에서 눈을 떴다. 어머니에게 나 같 은 건 있으나 마나라고 생각해왔는데, 결혼식 날이 돼서야 오해였다는 걸 알아차렸다.

폐백을 드리고 식사 후 공항으로 향하기 전, 어머니는 흰색 봉투 하나 를 내 손에 쥐여주었다. 그 속에는 돈과 편지가 들어 있었다. 신혼여행 지로 향하는 비행기 안에서 어머니의 편지를 읽어 내려갔다. 한 줄 한 줄 읽는 게 몹시 힘겨웠다. 가슴에 돌덩이가 얹어진 듯해 목이 메었다. 제대 로 숨을 쉴 수 없어 짧은 숨만 얕게 내쉬었다. 하와이로 가는 11시간 동안 흐느끼다 잠들길 반복했다.

"무슨 일이세요? 어디 불편하신가요?"

두 명의 승무원이 오가며 쉴 새 없이 나를 주시했다. 말할 기운이 없어 서 고개를 가로저었다.

"불편하신 곳 있으시면 말씀해 주세요."

편지에는 어머니의 사랑이 고스란히 담겨 있었다. 날 사랑하는 마음이 거기에 있던 것이었다. 그간 살아온 삶을 부정하고 싶었다. 남편이 된 그는 말없이 지친 나의 손을 꼭 잡아주었다.

먹고사는 게 힘겨웠던 어머니, 외갓집 기둥인 어머니. 며칠을 잠 한숨 자지 못한 채 일하다 서울에서 인천까지 자식들 보러 새벽녘 어둠을 달려올 수 있었던 건 자식을 향한 사랑이었기에 가능한 일이었다. 입학식, 졸업식, 운동회, 학부모 상담에 오지 못해 늘 죄인으로 살아온 어머니의 그늘을 헤아리지 못했다.

언젠가 먹방(먹는 방송의 줄임말) 유튜버 사이에서 문래동 2가 철제소에 있는 식당을 찍는 게 유행이었다. 최근 좋아하게 된 그림책 작가님의 작업실도 그곳에 있다. 먹방 유튜버와 그림책 작가님은 약속이나 한 듯 영상 속에서 같은 말을 했다.

"예전엔 철제소가 많아 어둡고 무서운 곳이었어요."

'어둡고 무서운 곳'이라는 말이 강목 같이 느껴졌다. 꽃 같은 이십 대부터 육십 대인 지금도 그곳은 여전히 어머니의 삶의 터전이다. 기계 돌아가는 소리가 고막을 찌르고 기름 냄새로 몸이 절여질 것만 같은 그곳에 어머니의 청춘이 있고, 우리 남매의 어린 시절이 있고, 외갓집의 밥줄이 있다.

힘닿을 때까지 계속 일하고 싶다는 어머니. 몇 년 전까지만 해도 노년기에 접어든 어머니에게, 젊은 사람도 견디기 힘들어하는 공장 일이 무리라며 말렸었다. 그러다 어머니를 위하는 마음을 떠올렸다. 자식이 장성했다고 해도 부모의 삶을 좌지우지할 수는 없다. 사람 간에 지켜야 할 도리는 서로의 의사를 존중해 주는 것이다. 부모-자식 사이도 마찬가지이다. 어머니가 마음 편히 오래 일하실 수 있도록, 나는 아이들의 엄마로, 언니와 동생은 사회인으로 각자 충실한 삶을 살아가고 있다.

멀리 있어도, 함께한 시간이 적어도, 어머니는 늘 같은 자리에 계셨다. 한자리에서 가족의 평안을 떠받치고 있던 건 어머니의 사랑이었다. 어머니는 나의 기둥이자 버팀목이다.

"이제는 제가 당신의 기둥이 되겠습니다. 강풍이 불어와도 쓰러지지 않도록 당신의 삶을 떠받들겠습니다. 그렇게 당신을 사랑하겠습니다."

사랑을 주고받는 건 여러 갈래의 방식이 있다. 사랑한다고 말하고 곁을 지키는 것만이 사랑은 아니다. 사랑은 밤낮없이 일해 온 어머니의 책임감에도 존재했다. 이렇듯 또 다른 이름의 사랑이 있는 것이다. 사랑받지 못한다고 느끼는 건 사랑받고 있음을 알지 못해서이다. 주위에 다른 형태의 사랑이 존재하지는 않는지 세심히 살펴보아야 한다. 이 세상에서 나를 사랑하는 단 한 사람은 누구에게나 있다.

하와이로 가는 11시간 동안
흐느끼다 잠들길 반복했다.

편지에는 어머니의 사랑이
고스란히 담겨 있었다.

02

하루하루
버티다 보면 언젠가는
다 지나간다

아이를 학교에 보내고 설거지를 마친 뒤였다. 몇 시인지 보기 위해 핸드폰을 보니 메시지가 와 있었다. 어머니가 보낸 손가락 인형 사진이었다. 아동 보육과를 다닐 때, 내가 목장갑으로 만들어 사용하던 교재교구이다. 유치원 교사로 재직할 때도 많이 사용해 목이 늘어져 있을 정도로 손때가 묻어 있는 물건. 내가 만든 교재교구를 어머니가 모아두었다는 걸 알고 있었지만, 낡고 낡은 손가락 인형도 있을 줄 몰랐다. 추억에 젖어 반가운 마음에 어머니에게 메시지를 보냈다.

[이거 옛날에 내가 만든 거잖아.]

[수아는 여러 가지 재주가 많아.]

[재주 없어도 유치원 교사들은 다 만들어.]

[그래도 내가 잘 보관하고 있어.]

[내가 보낸 책 잘 받았어?]

내가 만든 교재교구들

책을 받았느냐는 물음에 답은 오지 않았다. 가게 일로 바쁜 듯했다. 아이의 하교 시간이 다가와 차를 몰고 학교로 가는데 느닷없이 눈앞이 흐려졌다. 이 길이 친정으로 가는 길이면 얼마나 좋을까 하는 생각에 눈시울이 붉어진 것이었다. 괜히 울컥해서 더는 운전할 수 없었다. 잠시 갓길에 차를 세우고, 운전대 위에 엎어져 서글픔을 흘려보냈다.

이날처럼 서글펐던 시절이 있었다. 십일 년 전, 아이를 낳고 키울 때였다. 또래 아이를 키우는 동네 엄마들이 친정과 어머니 이야기를 꺼낼 때면 코끝이 찡했다. 한 아이 엄마는 친정어머니에게 걸려 온 전화에, 별로 바빠 보이지 않는데 "엄마, 나 지금 바빠."라고 말하며 서둘러 전화를 끊기도 했었다. 나에게는 특별한 전화 한 통이 누군가에게는 귀찮음이었다.

동네 엄마들로부터 친정에 다녀온 이야기를 들을 때, 어머니가 아이들이 보고 싶다고 말할 때, 여유로운 시간을 보내는 모녀를 볼 때, 아이를 키우며 엄마라는 이름에 지어진 무게를 감당하기 힘들 때, 어머니 생각이 간절해 친정으로 가고 싶었다.

그 당시만 해도 운전이 미숙해 아이를 차에 태우고 1시간 이상 고속도로를 달릴 엄두가 나지 않았다. 친정에 가려면 아이를 아기 띠로 안고 광역버스와 지하철을 타야 했다. 친정에서 부모님 가게까지 도보로 10분 거리이지만, 부모님 가게로는 가지 않았다. 어머니의 품이 그리운 마음보다, 일하는 어머니가 먼저였다. 바쁜 어머니를 생각하며 텅 빈 친정에서 첫째와 시간을 보냈다. 그러다 남편이 퇴근하기 전에 집으로 돌아갔다.

둘째를 낳고 나서도 어머니가 그리울 때면 비어 있는 줄 알면서도 친정으로 갔다. 언젠가 아무도 없는 친정에서 둘째에게 젖을 물리고 있을 때였다. 첫째가 작은방에서 유치원 교사 시절 내가 만든 부직포 축구공을 들고 나왔다. 축구공이 굴러갈 때마다 방울 소리가 나는 게 재밌는지 첫째는 그것을 한참 가지고 놀았다. 어머니의 품이 그리울 때면 아무도 없는 친정집에서 잠시 아이와 시간을 보내는 것으로 그리움을 달래었다. 내가 쓰던 방, 부모님의 물건, 어머니의 주방, 익숙한 환경에서 보내는 건 다독임의 시간이었다.

작고 여린 아이를 품고 키우며, 엄마니까 강해져야 한다고, 마음에 강인함을 심었다. 아이가 큰 만큼 나도 엄마로 자라며 그리움에 무뎌져 갔다. 그러나 가끔은 내면에 잠들어 있는 어린 내가 깨어날 때면 투정 부리고 싶어진다. 이런 날에는 아이를 품에 안고, '나는 엄마야. 어린아이가 아닌 엄마잖아.' 하고 되뇌며 어린 나를 잠재운다.

세월이 흘러 서른여덟이 되었지만, 여전히 어머니는 가게 일로 바쁘시다. 어머니를 생각하면 눈물부터 난다. 함께 보낸 추억이 많지 않아서, 함께 시간을 보내고 싶어도 그럴 수 없어서, 눈물이 마르질 않는다. 연세 드시는 어머니를 볼 때면 흘러가는 시간을 붙잡아 둘 수 없어 애가 탄다. 할머니가 저물어 가는 모습을 보아서인지 날이 갈수록 작아지는 어머니의 체구를 볼 때면 가슴이 저릿하다.

이러한 현실에 슬픔이 밀려오면 눈시울을 붉히기도 하지만, 슬픔과 해야 할 일을 혼동하지 않고 묵묵히 할 일을 하며 아이의 곁을 지킨다. 친정과 어머니의 그리움, 버거운 육아를 기대고 싶던 날들을 꿋꿋이 지나왔다. 이제 나의 아이들은 스스로 많은 것을 할 수 있는 나이가 되었다. 아이를 키우면서 눈앞이 캄캄할 때마다, 혼자 이걸 어떻게 감당해야 할지 몰라 맘 카페를 뒤적이고 하나하나 해결하며 아이를 키워냈다. 서러움을 심해에 묻고, 그 위에 강인함이라는 씨앗을 뿌려, 눈물의 비로 키워낸 아이는 열한 살, 아홉 살이 되었다.

무너져 내릴 것 같이 힘들어도 하루하루 버티다 보면 언젠가는 다 지나간다. 이것은 자연의 섭리이기도 하다. 절망 속에서도 꽃은 피어나고 희망 속에서도 어둠이 드리우는 게 인생이니, 오늘이 슬프더라도 내일은 해가 뜰 것이다. 당장 해가 뜨지 않아도 괜찮다. 계속 슬픈 날만 있진 않을 테니까. 그러니 십 년을 가슴에 품고 살아온 인생의 모토대로, 절망도 희망도 없이 담담하게 현실을 받아들이고 살아내면 되는 것이다.

03

너는
누군가에게 너무
특별해

정확한 나이는 기억나지 않지만, 초등학교 저학년 때였다. 어머니가 서울에 있는 가게에 가고 할머니도 밭에 가고 나면 언니와 나는 뒷산에 자주 올랐다. 뒷산으로 가는 길은 시멘트 바닥에 양쪽으로 밭이 있었다. 봄이면 길과 밭 사이, 가장자리에는 제비꽃이 옹기종기 피어났다. 언니는 제비꽃을 발견하면 가던 걸음을 멈추곤 했었다.

"제비꽃이다! 수아야, 이리로 와봐."

내 이름을 부르는 소리에 냉큼 언니 옆으로 가서 웅크리고 앉았다.

"수아야, 손 펴봐."

언니는 제비꽃을 꺾어 나의 두 손 위에 살포시 올려주었다. 작은 손바
닥에도 제비꽃은 폭 안겼다.

"제비꽃이 좋아. 찐한 보라색이라 예뻐."

우리는 두 손 가득 제비꽃을 따서 집으로 가져왔다. 마당 한쪽에 있는
수돗가에서 돌멩이를 물에 씻어 제비꽃잎을 짓이기며 놀았다. 어떤 날에
는 나뭇잎을 접시 삼아 제비꽃을 담아 놓았는데, 꽃잎이 바람을 타고 날
아가 버렸다. 나는 바람결에 날아가는 그것을 잡으려고 쫓다가 언니와
눈이 마주치고는 까르르 웃고 말았다.

언니가 중학교 1학년, 내가 초등학교 6학년 때였다. 언니의 낯이 어딘
지 모르게 달라 보였다.

"언니, 기분 안 좋은 일 있어?"
"......"

대답 없는 언니의 모습이 어쩐지 더 어두워 보였다. 언니를 위로해 주어야겠다고 생각했다. 그러나 어떻게 위로해 주어야 할지 몰랐다. 내가 언니를 위로하는 방법은 오직 하나였다. 그것은 언니 뒤를 졸졸 따라다니는 것이었다.

언니가 책상에 앉아 공부하면 나도 할 일 없이 우두커니 책상 앞에 앉았다. 언니가 TV 앞으로 가면 나도 언니 옆에서 TV를 보았다. 그러다 언니가 깔깔거리고 웃으면 어디가 웃긴지도 모르면서 따라 웃었다.

어느 날, 초등학교 4학년이던 언니가 말했다.

"엄마 아빠 힘들게 돈 벌고 있잖아. 나 지금부터 매일 공부할 거야. 잘할 거야. 수아, 너도 공부해."

그 뒤로 언니는 책상 앞에 앉는 걸 게을리하지 않았다. 그렇게 고등학교 졸업 전까지 상위권을 지켰다. 고등학생이던 언니가 성적이 잘 나오지 않아서 눈물 바람을 한 날이었다. 울다가 눈물을 닦고 일어서더니 책상 앞으로 가 교과서를 펼쳤다. 나는 쓸 것도 없으면서 위로해 주고 싶은 마음에 다이어리를 들고 공부하는 언니 옆에 앉았다.

언니는 부모님 권유로 대학 간판보다는 과를 우선순위에 두고 유아교

육과로 알아주는 대학에 입학했다. 복수전공으로 사회복지사 자격증을 따고 대학을 졸업했다. 언니는 현장 실습을 마친 뒤 말했다.

"실습해 보니까 사립유치원의 현실을 알게 됐어. 가치를 인정받고 교육철학을 실현하기 위해서는 국공립유치원으로 가는 게 맞는 것 같아."

언니는 이 말을 하고 난 뒤부터 유아 임용고시 준비를 시작했다. 한 번에 붙으면 좋았겠지만, 졸업하던 해에 치른 첫 번째 고시에 낙방했다. 그 뒤로 삼 년을 노량진 고시원에서 보냈다.

그 당시 나는 모교 대학 부속유치원의 교사로 재직 중이었다. 전공이 같아서 어떤 해에는 언니를 따라 노량진 입시학원 수업을 청강하기도 했었다. 약 200명가량 수용이 가능한 강의실에는 의자와 책상이 빼곡했고, 천장 곳곳에는 스크린이 달려 있었다.

맨 뒤에서 바라보면 강사의 모습이 작게 보였다. 칠판의 글자가 보이지 않아서 스크린이 있어야만 했다. 강사 코앞에 놓인 12개의 의자는 어딘가 달라 보였다.

"언니, 저기에 있는 책상은 간격이 좀 여유로운데?"
"저기는 SS 등급만 앉을 수 있어. 모의고사에서 1등부터 12등까지 SS 등급이야."

그해 언니는 서울로 지원했고 약 200:1의 경쟁률을 뚫지 못했다. 두 번째 낙방이었다. 언니는 시험을 치르기 몇 달 전부터 구토 증상을 보이고 다리 경련으로 병원에 실려 가기까지 했었다. 언니가 임용고시를 준비한 지 삼 년이 되던 해는 특별했다. 드디어 노량진 입시학원 SS 등급 자리에 앉게 된 것이었다. 경쟁률이 서울보다 약한 경기도로 지원할 계획이어서 이번엔 붙을 거라고 기대했다. 그러나 약 100:1의 경쟁률을 뚫지 못하고 세 번째 시험에서 떨어지고 말았다. 네 번째 시험을 앞둔 어느 날, 나는 언니가 있는 노량진으로 갔다.

"언니, 나 돈 벌잖아. 오늘은 내가 밥이랑 커피 살게."
"힘들게 번 돈을 왜 이런 데다 써. 돈 있어. 너는 따라오기만 하면 돼."

입시학원이 즐비한 노량진 사거리에 줄지어 있는 포장마차에서, 천오백 원 하는 컵밥을 언니가 사주었다. 양이 푸짐했다. 나는 한 번씩 선생님들과 회식도 하는데, 삼 년간 주로 컵밥을 먹었을 언니를 생각하니 괜스레 미안했다.

"정말 맛있어. 언니가 사준 거라서 더 맛있어."

나는 밥 알갱이 한 톨도 남기지 않고 그릇을 비워냈다. 그리고 언니를 따라 어느 카페로 들어갔다. 언니는 싱글벙글한 얼굴로 말했다.

"여기 아이스 카페모카 얼마인지 맞춰 봐."
"삼천 원?"
"땡!"

언니는 내 귀에 대고 속삭였다.

"칠백 원."
"헐…."

우리는 칠백 원 하는 아이스 카페모카를 들고 자리를 잡았다. 시원하게 한 모금 마시고 고개를 들었을 때 언니의 얼굴이 비장해 보였다.

"올해 목숨 걸고 했어. 이번에 떨어지면 너처럼 사립유치원으로 가려고…."

아무 말도 할 수 없었다. 그저 언니가 사준 아이스 카페모카 위에 있는 크림을 빨대로 휘저으며 고개만 끄덕일 뿐이었다. 이만큼 한 것도 대단한 거라고, 이 정도 했으면 되었다고 말해주고 싶었지만, 눈물이 날 듯해 이내 삼키고 말았다.

언니는 사 년 만에 78:1의 경쟁률을 뚫고 경기도권 유아 임용고시에 합격했다. 합격 날 언니는 늦게 시작한 만큼 더 열심히 할 거라고 했다. 그리고 올해로 십이 년째 그때 했던 말처럼 열과 성을 다하고 있다.

언니는 학부모에게 쓴소리를 듣는 한이 있어도 아이를 위해 꼭 해야 할 말은 참지 않는다. ADHD나 정서 불안과 행동 장애를 보이는 아이의 어머니 중에는 감싸주기만을 바라는 어머니가 적지 않다. 그러나 언니는 아이를 이유 없이 싸고돌지 않는다. 자신의 힘으로 해낼 수 있는 일은 서툴러도 인내심을 갖고 끝까지 기다려준다.

아이가 못 하겠다며 선생님이 대신해 달라고 울고불고해도 격려를 아끼지 않는다. 어느 정도 혼자 힘으로 해내면 손을 보태고 머리를 쓰다듬으며 품어준다. 수업 중 돌발 행동을 하는 아이가 안정을 찾을 때까지 기다려주면서, 다른 아이들이 놀라지는 않았는지 세심히 살피기도 한다. 중심을 잃지 않고 자신만의 색으로 살아가고 있는 지금의 언니가, 제 몸을 곧게 세우고 있는 보라색 제비꽃을 닮은 듯하다.

어머니의 빈자리에는 할머니가 있었고, 할머니의 빈자리에는 언니가 있었다. 언니는 나의 다정한 친구이자 어머니 생각으로 그늘진 마음의 햇살이었다. 다정한 언니의 모습과 따스함은 기억을 짙게 물들여 추억이 되었다.

우리는 각자의 삶을 살면서 아주 가끔 일탈을 감행한다. 친정에 아이를 재워놓고 늦은 밤 술잔을 기울인다. 우리는 책을 좋아해 서점 나들이를 즐기며 수다를 떨기도 한다. 커피숍에서 몇 시간을 말없이 각자 책을 읽으며 시간을 보낸다.

언니와 나는 이렇게 우리만의 교집합을 만들어나가고 있다. 어릴 때 언니가 좋아하던 제비꽃의 짙은 보라색처럼 앞으로 우리의 교집합도 더욱 짙어질 것이다. 나에게 언니는, 특별한 말을 하지 않아도, 무언가를 함께 하지 않아도, 같은 공간에 있는 것만으로도, 좋은 사람 중 한 명이다. 언젠가 출근길에 오르고 있을 언니에게 메시지로 노래 한 곡을 보냈다. 그 노래는 김사월의 〈누군가에게〉이다. 첫 소절은 이렇게 시작한다.

너는 누군가에게 너무 특별해.

우리는 외모부터 성격 그리고 성향까지 어딘가 다른 듯 닮아 있다. 어머니의 빈자리를 함께 느끼고, 불편한 시골집에서 깨끗하지 못한 옷을 입고, 꾀죄죄한 얼굴로 화목하지 못한 가정에서 아픔을 나누어 지고 자란 우리이다. 언니가 없었더라면 나는 더 많은 슬픔과 아픔을 지고 자라났을지도 모른다.

사실 언니와는 어릴 때부터 자주 다투었다. 다정한 날보다 무심했던 날이 더 많았다. 우리 사이에 미움이 자리했을 땐 남보다 못한 사이이기도 했었다. 세월이란 속절없이 흘러가는 듯하지만, 알지 못하는 걸 일깨워 주기도 한다. 우리가 어떠한 인연으로 이 세상에서 만나게 되었는지 떠올리면 서로의 귀함을 알게 된다. 귀한 인연으로 맺어진지도 모르고 살아왔다면 앞으로는 어둠이 드리우더라도 보듬는 마음을 가지고 살아가면 된다.

나를 닮은 언니를 존경하고 사랑한다.

우리가 어떠한 인연으로

이 세상에서 만나게 되었는지 떠올리면

서로의 귀함을 알게 된다.

04

존재
자체로도 빼어난
우리

내가 태어나던 해인 1985년도에는 남아선호 사상의 잔재가 남아 있었다. 맏딸은 재산 밑천이라는 낡은 사고방식이 있었고, 아들을 낳지 못한 여성은 시댁의 눈치를 받아야 했다. 어머니는 일 년 차이로 언니와 나를 낳았다. 나의 탄생을 축복해준 건 외할머니뿐이었다.

내리 딸 둘을 낳은 어머니는 몸조리를 제대로 하지 못했다. 아버지를 따라 일터로 나가 가정주부에서 일하는 여성이 되었다. 할아버지는 술만 드시면 날 나무랐다. 언니와 다툰다고, 한글을 빨리 깨치지 못한다고, 계집아이의 목소리가 집 밖을 나서면 안 된다고, 회초리를 드셨다.

"어서 남동생을 봐야지. 네가 남자로 살면 남동생을 볼 수 있어."

그 시절, 할아버지는 손자를 보기 위해 여아를 남아로 둔갑시키는 미신을 믿었다. 나는 머리가 짧았고 사내아이 옷을 입었다. 유치원복, 평상복, 한복을 입을 때에도 남아 옷을 입었다. 긴 머리에 원피스를 입은 언니의 모습은 어린 내 눈에는 천사처럼 예뻤다. 나도 예쁜 게 좋았다. 그러나 예쁨을 손에 쥘 수 없었다. 아무도 몰래 한 번씩 언니의 물건을 만지다가 할아버지에게 들키면 꾸중을 들었다.

어느 날에는 옷을 벗고 안방에 있는 전신 거울 앞에 섰다. 거울에 몸을 비추어보며 여자인지 남자인지 구석구석 살폈다. 언니와 같은 몸을 가졌으니 스스로 여자라고 생각했다. 왜 여자로 태어났을까, 왜 남자로 태어나지 못했을까. 할아버지와 어머니를 기쁘게 해드리고 싶어서 남자가 되고 싶었다. 그즈음, 어머니는 아들을 낳기 위해 사내아이를 낳은 여성의 속옷을 가져다 입고, 제주도에서 돌하르방의 코를 깎은 가루를 물에 개어 마시며 아들을 소원하셨다.

내가 일곱 살이 되던 해 가을이었다. 우리 집 대문에는 고추와 솔잎 가지를 엮은 금줄이 걸렸다. 드디어 온 가족이 바라는 남동생이 태어난 것이었다. 마을 사람들은 남동생의 탄생을 축복해 주기 위해 줄을 이었다. 마당에는 천막이 쳐지고 갖가지 음식이 차려졌다. 시끌벅적하게 모두가 웃고 떠들며 마셨다. 뜨겁지 않은 해와 선선한 가을바람은 아침부터 늦저녁까지 잔치하기에 좋았다.

모두가 맛있는 음식과 분위기에 취해 있을 때 어머니는 조용히 내 손을 잡았다. 나에게 공단 원피스를 입히고 에나멜 구두를 신겨 주었다. 양쪽 어깨가 크게 부풀어 있고 분홍치마엔 구슬이 알알이 박혀 있는 드레스였다. 나는 어머니의 손을 잡고 뒷산으로 갔다.

내가 도토리나무 아래에 떨어진 나뭇잎을 하늘 위로 날리면, 어머니는 연신 사진을 찍었다. 한참 놀다 보니 어머니의 코끝이 빨개져 있었다. 왜 그런지 알 수 없어 멀뚱히 바라만 보았다.

어머니는 나의 짧은 머리카락을 귀 뒤로 쓸어 넘기며 "수아야." 하고 이름을 불렀다. 그 뒤로 내 짧은 머리가 귀밑까지 자라도 아무도 상관하지 않았다. 그렇게 나는 사내아이 모습에서 어린 소녀의 모습이 되어갔다. 할아버지의 꾸중도 줄어들었다.

딸 둘을 낳고 받은 어머니의 설움이 아들을 낳고 씻겨 내려갔을까. 어머니가 눈물을 훔치실 때마다 벽 뒤에 서서 울음소리가 잦아들 때까지 기다리던 어린 나는 그 설움을 고스란히 받아내었다.

남자아이로 크던 시절

외로움을 마주하는 자세

남동생이 태어난 후, 나는 사내아이 모습에서 어린 소녀의 모습이 되어갔다.

결혼하고 첫째가 태어나던 날과 둘째가 태어나던 날, 손수 금줄을 사다 걸었다. 날 위해서였다. 그것을 걸면서 솟아오르는 눈물을 쏟아내었다. 바닥에 얼굴을 묻고 밀려오는 설움을 참지 않았다.

뱃속에 품은 아이의 성별을 바꾸기 위해 한약을 지어먹고 굿판을 벌이는 건 부질없다. 생명을 잉태하는 일이 어디 쉬운가. 성별을 인력으로 바꿀 수는 없다. 삼신이 점지해준 대로 기쁘게 받아들여야 한다. 성별에 따라 남자와 여자로 나뉠 뿐, 속으로 낳은 뿌리는 한 줄기라는 걸 기억해야 한다.

여아를 남아로 둔갑시켜 키운다고 해도 타고난 본성은 바꿀 수 없다. 여자로 태어났어도 남성의 기질이 있고 남자로 태어났어도 여성의 기질을 가질 수 있는 게 사람이 타고나는 본성이다. 그러니 타고난 성별과 본성대로 성장할 수 있도록 존중해야 한다.

여자로 태어나 사내아이로 살던 시절부터, 예쁜 게 좋았다. 세월이 흘렀어도 여전히 아름답게 빛나는 게 좋다. 거울에 비친 나의 모습이 초라해 보이는 날이면, 가정주부라 딱히 갈 곳도 없으면서 화장에 공을 들인다.

육아에 치이다 보니 화장품 유통기한이 언제 지났는지도 모르고 살지만, 오래된 화장품을 바르더라도 예쁘게 꾸민다. 핸드폰으로 사진을 찍으며 나의 모습을 두 눈에 담는다.

둘째 딸로 태어났다는 이유로 환영받지 못했고 출생신고도 제때 하지 못했다. 빼어날 '秀(수)' 아이 '兒(아)', '수아'라는 이름에는 '빼어난 아이로 자라라'는 뜻이 담겨 있다. 빼어난 내가 되기 위해 앞만 보고 달리던 시절 이 있었다. 그 속엔 인정받고 싶은 마음이 있었다. 꼭 빼어난 사람이 되어야 하는 걸까 하는 궁금증이 들었던 날이었다. 이 세상에 태어난 사람은 누구나 존재 자체만으로도 특별하다는 걸 알게 되었다. 살아 숨 쉬는 모든 생명체는 특별하다. 생각해보면 빼어난 사람이 될 필요는 없다. 이름에 붙여진 뜻과 나의 존재는 다른 것이기에 그러하다. 특별한 내가 지금 당신 앞에 서 있다. 날 바라보는 당신도 특별하다.

05

누군가를
영원히 기억하기 위한
빈자리

1992년, 초등학교를 입학할 때만 해도 일하는 어머니는 드물었다. 1학년이 되던 해 삼월이었다. 학교를 입학하고 며칠이 지났는지 모르겠지만, 그날은 빗줄기가 굵었다. 교문 앞에는 어머니들이 우산을 들고 서 있었다. 어머니들은 하교하는 아이를 불러 얼른 우산을 씌워주었고, 어느새 친구들은 다 가고 없었다.

우산이 없었던 나는 학교 담벼락에 기대섰다. 담벼락 지붕 끝을 타고 내려오는 빗방울을 손바닥으로 튕기며 어머니가 오길 기다렸다. 그러나

비가 운동장을 자기 세상으로 만들 때까지 날 데리러 오는 사람은 아무도 없었다. 해는 먹구름에 가려 보이지 않았고, 쏟아지는 비는 나를 가린 듯했다. 낮과 저녁을 묶어놓은 날씨 탓에 하늘은 잿빛이었다. 빗소리로 가득 차오른 텅 빈 운동장, 내 마음도 비어버렸다.

어머니를 기다리던 인내는 얼마 가지 못해 바닥을 드러냈다. 보조 가방에 실내화를 넣고 운동화로 바꾸어 신었다. 보조 가방을 머리 위로 뒤집어쓰고 집을 향해 달렸다. 곧 비에 흠뻑 젖어버려 시야가 흐릿했고, 집으로 가는 길은 유난히 멀게만 느껴졌다. 다음 날, 그다음 날에도 하교 후 어머니 손을 잡고 걸어가는 친구의 뒷모습을 바라보며 생각했다. '집에 가서 엄마 가게로 전화 걸어야지.' 학교를 마치고 집에 도착하자마자 수화기를 들었다.

"여보세요?"

"엄마 집에 언제 와?"

"바쁘니까 나중에 통화해!"

"보고 싶단 말이야. 언제 올 거야? 빨리 와."

"야 이년아, 일하느라 바빠 죽겠는데 계속 떼쓸 거야? 끊어!"

"……"

일방적으로 전화가 끊기면, 곧바로 다이얼을 눌렀다.

"끊지 마. 언제 올 건지 말해주면 되잖아."

"할 일 없어서 전화질이야? 일해야 돼서 못 가."

나는 어머니에게 한소리를 들어야지만 다시 수화기를 들지 않았다.

중학교 1학년, 친구가 동네 근처까지 인천 지하철이 연결되었다고 했다. 친구는 손바닥만 한 종이 한 장을 건네며 말했다.

"우리 언제 부평 나갈래? 부평엔 주안보다 볼 게 더 많대."

"진짜? 빨리 날 잡자. 기대돼."

친구에게서 받은 종이를 펼쳐보았다. 구불거리며 교차된 선들은 마치 미로 같았다. 그것은 지하철 노선표였다. 노선표에서 가장 먼저 눈에 들어온 건 '신도림'이라는 글자였다. 나는 동춘역에서 부평역까지, 부평역에서 신도림역까지 빨간색 펜으로 줄을 그었다. 지하철만 타면 어머니 가게로 갈 수 있을 것이었다. 빨간 선을 보는 것만으로도 가슴이 뛰었다.

그해 가을의 어느 날이었다. 벼르고 벼르다 학교를 마치고 처음으로 지하철을 탔다. 동춘역에서 부평역으로 가, 용감하게 부평역에서 서울행으로 갈아탔다. 어머니에게로 갈 생각에 마냥 신이 났던 내가 당황한 건 신도림역에 내린 뒤였다. 출구가 한두 개가 아니었다. 어디로 나가야 할지 몰라 서성이다 벽면에 붙은 지도 앞에 섰다. 가게가 있는 곳이 어디일지 짐작하며 손가락으로 지도를 훑었다. 몇 번 출구로 나가야 하는지 알지 못했지만, 손가락은 2번 출구에서 멈추었다.

2번 출구로 나가는 계단을 올랐다. 커다란 길 양쪽으로 하늘까지 닿을 듯한 건물이 줄지어 있었다. 오가는 차 소음과 사람으로 붐비는 신도림은 별천지였다. 나는 어머니가 일하는 가게 간판을 찾으며 걸었다. 막다른 길로 들어선 것 같았을 땐 지나가는 사람에게 길을 물었다.

"저기요. 길 좀 여쭤볼게요. 영진금속을 찾고 있는데요. 혹시 아세요?"
"모르겠는데요."
"비철금속 공장이 모여 있는 곳에 있어요."
"저쪽으로 가보시겠어요?"

알려주는 길로 걷다가 아니다 싶은 순간엔 다른 길로 걸었다. 걷다 보니 목이 말랐다. 붉은 노을이던 가을 하늘은 곧 어두워졌다. 네온사인으로 가득한 서울의 밤거리는 생경했다. 큰 나무가 늘어선 길로 들어서자 드높게 드리워진 나무 그림자가 길을 덮었고, 오가는 사람 얼굴을 하나로 만들었다.

모르는 남자가 옆을 스쳐 지날 땐 등줄기에 땀이 맺혔다. 쌀쌀해진 시월의 밤바람을 맞아 몸이 떨려왔다. 횡단보도 앞에서 신호가 바뀌기를 기다리며 서 있는데 갑자기 눈물이 터져버렸다. 서울 한복판에서 눈물을 옷깃으로 연신 훔쳐내었다. 화려한 도시 소음은 울음소리를 묻어갔다.

이대로 멈추면 안 된다는 생각에 다시 걸음을 재촉했다. 가게 앞을 지날 때마다 눈을 타고 흘러내리는 흔적을 닦고 간판을 올려다보았다. 넘어서지 못할 벽에 부딪히는 줄도 몰랐다. 다리가 아파서 더는 못 걷게 되어서야 막막함이 밀려왔다. 서울 길은 마치 미로 같았다. 핸드폰이 있었지만, 혼이 날까 봐 어머니에게 전화할 엄두가 나질 않았다. 길에 서서 울고 있는데 차 한 대가 멈추어 섰다. 스르륵 내려간 창문 뒤로 낯선 여자의 얼굴이 보였다.

"너 왜 울고 있니?"
"엄마 가게를 찾고 있는데 못 찾겠어요."
"부모님 전화번호 아니?"
"전화하면 안 돼요! 엄마한테 혼날 거예요."
"…… 아줌마가 전화하면 괜찮을 거야."

어머니와 통화를 마친 아줌마는 나를 차에 태웠다. 모르는 사람 차에 탔지만, 그제야 안심이 되었다. 아줌마는 큰 건물 앞에 차를 세웠다. 차에서 내려 건물을 올려다보았다. 〈홍익병원〉이라고 쓰여 있었다. 아줌마는 어머니가 곧 이쪽으로 올 것이니, 기다리라는 말을 남기고 홀연히 사라졌다. 어둠 속에서 누군가 걸어올 때마다 어머니인지 고개를 빼고 두리번거렸다. 얼마 지나지 않아 택시 한 대가 내 앞에 섰다. 어머니였다.

"수아야, 어서 타."

나는 어머니가 타고 온 택시에 올랐다. 혼이 날까 봐 고개를 떨군 채 발 끝만 바라보며 숨을 죽였다. 그러나 어머니는 아무 말도 하지 않으셨다. 가게에 도착하자마자 어머니는 어디론가 전화를 걸었다.

"영진이에요. 국밥 세 개 가져다주세요."

늦은 밤 서울에 온 나를 보고 놀란 듯한 아버지의 눈은 곧 초승달처럼 휘어졌다.

"아니, 우리 둘째 딸내미가 여기까지 어쩐 일이셔?"

어머니를 힐끗 쳐다보고는 쭈뼛거리며 말했다.

"지하철 생겼잖아. 그거 타고 왔지……."

부모님 가게의 간판

외로움을 마주하는 자세

곧 국밥이 도착했고 어머니는 컴퓨터 책상 한쪽에 신문지를 깔았다. 우리 셋은 머리를 마주하고 국밥을 먹었다. 뜨끈한 국에 밥을 말아 허기진 속을 채우니 추웠던 몸이 녹아내렸다. 내가 먹어본 국밥 중 제일 맛있었다.

어머니는 국밥을 다 먹고 새벽녘 집에 도착할 때까지 아무런 말도 하지 않으셨다. 어머니 가게로 뻔질나게 연락하던 나는, 그날 이후로 전화를 걸지 않게 되었다. 동춘역을 지날 때마다 이것을 타고 어머니에게로 갈 생각도 하지 않았다.

청소년기에는 친구를 많이 찾는 시기여서 어머니들이 허전함을 느낀다는데, 나는 그렇지 않았다. 어릴 때부터 언니와 동생보다 유독 어머니를 많이 찾는 아이였다. 어린이에서 청소년이 되고 성인이 되면서 어머니를 찾는 빈도가 줄었지만, 여전히 어머니 품에 안기고 싶다.

스물 중반 무렵, 하나의 사건을 겪은 후 어머니로부터 도망치고 싶었고 오랜 세월 원망했다. 그렇다고 해서 어머니가 그립지 않은 건 아니었다. 아이를 낳고 키우면서 이해되지 않던 어머니를 서서히 이해하게 되었고 원망도 사그라들었다.

어릴 때부터 지금까지 어머니의 등은 쉴 새가 없다. 예전만큼 일이 없다고 하지만, 주문이 밀려드는 날에는 형광등 아래에 낮과 밤을 등지고 환갑이 넘은 나이를 잊는다. 어머니에게 평일과 주말, 설과 추석은 의미 없는 날. 어머니의 일터는 출구 없는 미로 같다. 한번 들어서면 빠져나오기 어려운 미로 속에서 어머니가 청춘을 보내고 노년을 맞이했다. 먹고 사는 건 이렇게나 힘든 일이다.

어머니를 떠올리면 차오르는 양가감정으로 힘든 날이 있다. 그러나 속으로 삭이고 만다. 서른이 넘었으니 어른답게 보이려는 건 아니다. 어머니와 나를 지키기 위해서 택한 선택일 뿐이다. 누군가에게 감정을 쏟아내고 나면 힘든 마음이 괜찮아질까. 그렇지 않다. 오히려 마음이 더 편치 않을 것이다.

그리움이 만들어낸 마음속 빈자리에는 어머니가 있다. 빈자리를 어루만지면 멀리 떨어져 있어도 어머니가 나의 마음에 있다는 걸 감각할 수 있다.

영원히 어머니를 기억하기 위한 자리가 되어가고 있다. 그 빈자리에는 어머니를 기다리는 어린 내가 있다. 보조 가방을 뒤집어쓰고 빗속을 달리던 내가, 툭하면 가게로 전화를 걸던 내가, 서울 한복판에서 어머니를 찾던 내가, 그 빈자리를 지키고 있다.

어머니를 찾을 때 누군가 마음을 토닥여주는 따뜻한 말을 해 주었더라면 어떠했을지 생각해본다. 어머니가 오지 않을까 봐 드리워진 불안이 조금은 덜했을지도 모르겠다. 따뜻한 말 한마디의 소중함을 생각하는 밤이다. 토닥임이 담긴 온기를 품은 말에는, 불안을 잠재우고 기꺼이 기다릴 수 있게 해 주는 힘이 담겨 있기도 하니까.

그리움이 만들어낸 마음속 빈자리에는 어머니가 있다. 빈자리를 어루만지면

멀리 떨어져 있어도 어머니가 나의 마음에 있다는 걸 감각할 수 있다.

06

올바른 방식의
사랑은 원하는 걸
주는 것이다

대학을 입학한 지, 한 달이 되어갈 즈음이었다. 수업을 마치고 친구와 캠퍼스를 거닐고 있는데 마주 보고 세 명의 남학생이 걸어왔다. 우리는 그들을 지나 몇 걸음 더 갔다.

"저기요."

누군가의 목소리에 가던 길을 멈추고 뒤를 돌아보았다. 세 명 중 청바지에 남색 티를 입은 남학생이 할 이야기가 있다며 한쪽으로 나를 잠시 불렀다. 그러더니 대뜸 자신을 소개했다.

"저는 물리치료과 다녀요. 복학생이고 과 대표예요. 무슨 과예요? 연락처 물어봐도 될까요?"

그와 나의 만남은 그렇게 시작되었다. 첫눈에 반했다거나 호감을 느낀 건 아니어서 연락처를 교환했어도 따로 만나진 않았다. 그러던 5월의 어느 날이었다.

그가 줄 게 있다고 연락해왔다. 우리는 교내 복지관 건물 앞에서 만났다. 그는 꽃다발을 들고 서 있었다.

"블랙로즈를 구하느라 힘들었어요."

나에게 꽃다발과 작은 종이봉투를 건네주었다.

"이걸 저한테 왜……."

그는 오늘이 성년의 날이라며 축하한다는 말과 함께 종이봉투에서 향수를 꺼냈다.

"성년의 날엔 꽃이랑 향수를 선물 받는 거래요."

우리는 교제를 시작했고, 나는 그와 이십 대 초반을 지나 중반을 맞이했다. 그와 함께한 시간 속에 처음인 게 많았다. 닭갈비와 순댓국을 먹어본 것도, 주문진 겨울 바다에서 인스턴트커피를 마신 것도, 해외여행도, 지켜온 순결도 모든 게 처음이었다. 나보다 일곱 살 많은 복학생이던 그는 먼저 졸업 후 원하는 직장에 들어갔다.

그리고 일 년 뒤, 나도 학교를 졸업했다. 내가 사회생활을 시작한 지이 년이 되어 갈 즈음이었다. 그가 반지를 선물했다. 커플링을 해보는 것도 처음이어서 얼마나 기뻤는지 모른다. 그는 손가락에 반지를 끼워주며 말했다.

"결혼해 줄래?"

양가 부모님께서 우리의 교제를 알고 계시기에 당연히 그와 결혼할 줄 알았다. 그는 황금보자기에 싸인 무언가를 들고 우리 집으로 왔다. 아버지는 가게 일로 오지 못하셨고 집에는 어머니만 계셨다. 어머니는 그와 방에서 잠시 이야기를 나눌 동안 거실에서 기다리라고 했다. 왜 둘이서만 이야기를 나누려는 건지 알 수 없었다. 그저 심상치 않은 분위기에 불안했다.

몇 분 지나지 않아 방에서 큰소리가 났다. 어머니가 먼저 문을 열고 나오셨고 남자친구가 울면서 뒤따라 나왔다. 그는 어머니 손을 잡고 무릎을 꿇었다. 당황스럽고 놀란 나머지 그 자리에 얼음처럼 얼어버렸다. 놀란 가슴이 진정되지 않아 거친 숨을 내쉬며 그의 팔을 잡아끌었다.

"뭐 하는 거야? 어서 일어나."

"……"

"일어나라니까!"

"……"

몇 번을 말해도 그는 듣지 않았다. 눈물이 흘러내렸다. 어머니는 더 할 말이 없으니 나가라고 했고, 그는 결혼을 허락해 달라고 애원했다. 단단히 화가 난 어머니는 주방에서 가위를 가져왔고 내 머리카락은 바닥으로 흩어졌다.

"수아한테 손대지 마세요."

그제야 울면서 집 밖을 나서는 그의 모습이 내가 기억하는 마지막이었다. 그를 따라 나가고 싶었지만 검푸른 파도가 몸을 쓸어내려서 그럴 수 없었다. 어머니에게 결혼을 반대하는 이유를 여쭈었다. 나보다 나이가 너무 많다고 했다. 일곱 살 차이가 뭐 그리 많다는 건지 납득할 수 없었다. 그는 결혼을 허락해 줄 때까지 집에 가지 않겠다며 현관에 무릎을 꿇었다. 그러자 어머니는 날 방에서 못 나오게 했다. 그는 며칠을 찾아와 현관에 꿇어앉아 있었다.

더는 그가 찾아오지 않던 날은 여름과 가을이 손잡고 있었다. 그렇게 그는 크나큰 사랑을 남기고 갔다. 폭풍 같은 날의 연속으로 잠을 통 못 잔 탓에 푹 자고 싶었다. 불면증에 걸린 것이었다. 집 근처 약국에서 수면제 두 갑을 샀다. 이상한 일은 한 알, 두 알, 세 알을 먹어도 잠을 잘 수 없었다.

나머지를 한 번에 다 털어 넣고 나서야 몸에 온기가 퍼졌다. 따뜻한 베일에 둘러싸인 기분이었다. 그다음 기억은 없다. 의식을 차렸을 땐 속에서 무엇인가 솟구쳐 올랐다. 내 몸이 잘못되었다는 걸 알았다. 진득한 검은색 액체를 먹고 토해내길 반복했다. 고통스러운 과정이 끝나고 어머니의 얼굴을 마주했을 때, 내 존재 위에 아무도 두지 않겠노라 다짐하며 이를 악물었다. 몸이 회복되려는지 한동안 신생아처럼 자고 또 잤다. 그동안 부족했던 잠을 몰아서 자려는 사람처럼 눈을 뜨고 있는 시간보다 감고 있을 때가 더 많았다.

맥주 몇 모금도 못 마시던 나였는데, 술 없이는 하루도 견디지 못했다. 일 년이 넘도록 술과 함께 살았다. 그가 사무치게 그리운 날에는, 그의 직장이 있는 원주의 어느 병원으로 달려가기도 했었다. 그를 만나면 도망이라도 가자고 말하고 싶었지만, 그럴 용기가 없어서 그저 병원 반대편 도로에 주저앉아 울다가 돌아왔다.

"결혼해서 아이 낳고 살면 다 잊게 돼."

어머니는 마음을 잡지 못하는 나를 안타까워하셨다. 정말 다 잊고 아이 키우면서 한 남자만 바라보며 살고 싶었다. 결혼해서 집도 떠나고 어머니 품에서도 멀어지고 싶은 마음이었다. 사랑이라는 이름이 다시 찾아왔을 때는 현실 그 이상도 이하도 아니었다.

2012년 1월 14일 폭설이 내리던 날, 남편의 손을 잡았다. 한 남자의 아내로, 두 아이의 엄마로 산 지 십일 년이 되었다. 아무리 세월이 흐른다고 해도 잊을 수 없는 사람이 있다. 기억에서 지워버리고 싶어도 지워지지 않는 그는 한 폭의 추상화가 되었다.

"나한테서 소중한 걸 빼앗아갔잖아."

원망은 결혼해서도 어머니를 향해 아픈 화살을 꽂아 넣었다. 그 원망이 잦아든 건 두 아이를 키우면서였다. 그와 나를 갈라놓았던 어머니는 자식이 잘되었으면 하는 바람이었을 것이다. 자식을 위하는 부모의 사랑이란 그런 것이었다. 그러나 어머니는 알고 계실까. 사랑하는 방식이 옳지 않았다는 것을. 사람은 자신이 원하는 걸 들어줄 때 사랑받고 있음을 느낀다. 누군가를 사랑하고 싶다면 그 사람의 마음을 세심히 살펴야 한다. 원하는 걸 해 주지 못할 땐 어떻게 하고 싶은지 고민할 시간과 선택할 기회를 주어야 한다.

크나큰 사랑을 남기고 간 그가 찍어준 사진

"어머니, 나의 어머니. 이름만 불러도 눈물을 참을 수 없을 만큼 그리운 그 이름 어머니. 다시 그때로 되돌아간다면, 어머니의 결혼 반대를 존중하겠습니다. 다만, 기회를 주세요. 강압이 아닌 서로의 의지로 이별할 수 있도록이요."

2012년 1월 14일 폭설이 내리던 날,
남편의 손을 잡았다.

한 남자의 아내로, 두 아이의 엄마로
산 지 십일 년이 되었다.

○

외로움을 마주하는 자세

○

2부

장소와 기억이 빚어낸 다양한 선

추억이 담긴
물건과 공간을 함부로 버리지
못하는 이유

2018년도부터 첫째 주영이와 북스테이를 다니기 시작했다. 일 년을 매주 주말마다 수도권에 있는 시골 책방을 찾아다녔다. 집 근처에 있는 책방을 시작으로 점점 거리를 벌려 나갔다. 하룻밤 묵으며 밤을 새워 책을 읽었다.

책에 둘러싸여 지내는 그 하룻밤이 좋았다. 주영이와 함께 서로 읽은 책 이야기를 나누고 근처 식당에서 맛있는 음식을 먹으며 추억을 쌓았다.

2019년 가을, 자차로 두 시간 반을 달려 강화도로 갔다. 강화도에 있는 하루북스테이에서 하룻밤을 지냈다. 하루북스테이는 어느 그림책 작가님께서 운영하는 곳으로 책방은 아니어서 책이 많지는 않지만 적당한 양의 책이 있는 공간이었다.

주영이가 좋아하는 칼국수 집을 찾다가 차로 15분 거리에 있는 바닷가를 찾았다. 그런데 이상한 일이었다. 바닷가 근처에 다다르자 어디에선가 익숙한 냄새가 풍겨왔다. 아련하고 익숙한 그 냄새는 갯벌의 짠 내였다. 할머니와 나의 냄새이기도 하다.

칼국수 집은 바닷가 바로 앞에 있었다. 갯벌이 그대로 드러난 바닷가를 보고 칼국수 집 사장님께 여쭈었다.

"바닷물은 언제 차나요?"

"이곳은 일 년에 한두 번 물이 차는 곳이에요. 평소엔 지금처럼 갯벌만 있어요."

일 년에 한두 번씩 물이 차는 바다는 인천 앞바다 어딘가에도 있다. 고등학교를 졸업하기 전까지 살던 인천 앞바다의 작은 어촌마을이 기억나 한참 갯벌을 바라보았다. 그러다 문득 주영이에게 내가 살던 동네와 집을 보여주고 싶었다.

"내일 집으로 가는 길에 엄마가 살던 동네 가볼래?"

"왜? 어딘데?"

"엄마가 살던 집이 아직 있어. 여기서 한 시간 거리야."

"진짜? 가자! 궁금해."

다음 날 퇴실을 하고 차로 한 시간을 달려 내가 살던 작은 어촌마을인 동춘마을로 갔다. 마을 입구에 들어서자 갑자기 눈물이 흘렀다. 내가 알던 동네가 아니었다.

할머니가 하늘의 별이 되고 나서 한 번도 이곳에 걸음을 하지 않은 사이, 동춘마을은 많이 변해 있었다. 입구에서부터 예전 흔적을 찾기 어려웠다.

'대성적재함'이라는 간판을 발견하고 나서야 안도했다. 어릴 때 같이 놀던 친구의 부모님이 하시는 가게이다. 아직 가게가 있는 걸 보니 정을 나누던 동네 어른이 살고 있다는 생각에 붉어진 눈시울 사이로 옅은 미소가 번졌다.

조개 광과 껍질이 쌓여 있던 곳에는 멋진 경로당과 어린이집이 들어서 있었다. 그 라인으로 작은 슈퍼가 있던 오양이네에는 '다온공간 붓'이라는 식당이 세워져 있고, 몇 걸음 옆으로 가니 카페가 있었다. 조금 더 걸었더니 '느티나무 아래'라는 그림책방이 보였다.

예전 동춘마을과 현재 동춘마을

외로움을 마주하는 자세

동네에 카페와 책방이 생기다니 놀라웠다. 십일 년 전만 해도, 카페와 책방은 없었는데 십 년이면 강산도 변한다더니 이제는 촌 동네라고 부르면 안 될 듯한 모습이었다. 조개 광이 있던 곳에서 카페가 있는 곳까지 걷다가, 그만 다리에 힘이 풀려 잠시 갓길에 앉았다.

"엄마, 왜 그래? 다리 아파?"
"잘 모르겠어. 다리에 힘이 없어."

이내 다시 눈물이 차올랐다.

"엄마, 카페 다 왔어. 힘내."

나는 아무 말도 하지 못한 채 그저 울었다. 얼마나 울었는지 기억나지 않을 정도로 눈물을 닦아 내었다. 부어오른 눈과 힘없는 몸. 딸꾹질이 났다. 주영이가 나의 등을 쓸어내리고 목덜미를 안아주었다. 그러다 울먹였다.

주영이가 울음을 터트리자 정신이 번쩍 들었다. 엄마가 아이 앞에서 이렇게 울면 안 되는 것이었다. 주영이의 손을 잡고 카페로 들어가 핫초코와 아메리카노를 주문하고 자리에 앉았다. 그러나 눈물은 멈추지 않았다. 나를 바라보던 카페 주인이 말했다.

"무슨 일 있어요?"

"제가 태어나서 스무 살이 되기 전까지 살던 집이 여기에 있어요. 오랜만에 왔는데 동네가 많이 변해서 눈물이 나네요. 지긋지긋하던 이곳이 그리웠나 봐요."

"혹시 절 밑에 산꼭대기 집이에요?"

어떻게 알고 있는 건지 눈이 동그래졌다. 흘러내리던 눈물을 훔치고 물었다.

"어떻게 아셨어요?"

카페 주인의 눈가가 젖어들고 있었다.

"옛날 그대로 보존되어 있는 집이 몇 없어요. 오래 비어 있어서 누구네 집인가 하고 궁금했어요. 와줘서 고마워요."

주영이와 음료를 마시고 동네를 둘러보기 위해 카페를 나섰다. 아랫동네 중간 즈음 조개 광 하나가 더 있었는데 그 자리엔 새로 지어진 주택이 세워져 있었다. 앞쪽으로는 다가구 주택이 있고, 그 사이로 작은고모의 집이 보였다.

신발을 신고 걸어도 되나 싶을 정도로 바닥엔 아기자기한 육각형 모양이 새겨져 있었다. 한 발자국씩 조심스레 걸어 골목으로 들어갔다. 어릴 때 숨바꼭질하며 신나게 누볐던 골목이 이렇게나 좁았나 싶어 신기했다. 골목 끝에 윗동네로 이어지는 계단은 어릴 때 그대로였다.

"주영아, 이 계단 위에 집 보이지? 엄마가 어른이 되기 전까지 살던 집이야."

주영이는 단숨에 계단을 뛰어오르기 시작했고, 나도 뒤따라 달렸다. 최근까지 납부된 수도세 영수증이 문 앞에 놓여 있었다. 영수증에 쌓인 먼지를 털어 내고 있는데 주영이가 말했다.

"사람이 오래 안 살아서 집이 낡았나 봐."
"맞아. 사람이 살지 않으면 집도 금방 나이가 들어. 어떻게 알았어?"
"학교에서 배웠어."

봄이면 백합, 장미, 맨드라미, 금잔화가 만개하던 할머니의 작은 꽃밭이, 큰고모네와 작은 고모네 가족 모두 모여 연탄 광 앞에서 김장하던 그날이, 할머니가 뒷마당에서 맷돌에 콩과 도토리를 갈아 두부를 만들고 묵을 쑤던 모습이, 할머니의 무릎을 베고 마루에 누워 단잠을 자던 날의 바람결마저도 모든 게 생생하게 되살아났다.

겨울로 접어드는 늦가을에도 초저녁이었지만 해가 금방 누워 노을이 졌다. 오래 하늘을 바라보다 어린 시절로 되돌아간 나를 제자리로 돌려놓았다. 줄곧 부모님에게 사랑받지 못했다고 여기며 살아왔는데, 할머니와 살던 집에 오고 나서야 알게 되었다. 할머니의 사랑을 많이 받고 자랐다는 것을. 추억 속에 할머니의 사랑이 담겨 있었다.

중학생 때 아버지를 졸라대던 날이 있었다. 조개 딱지로 마련한 송도 국제 신도시의 아파트로는 왜 이사 가지 않는 건지 아버지를 이해할 수 없었다.

"언제 이사 가? 아파트로 이사 가자. 응?"
"할머니 할아버지가 이 집을 어떻게 지으셨는지 아니?"
"……"

아버지의 말이 귀에 들어오지 않았다. 뾰로통해진 얼굴로 가느다랗게 눈을 뜨고 듣는 둥 마는 둥 했다.

아파트를 밖에서만 보았지 한 번도 들어가 본 적은 없다. 집에 대해 여쭈어본 적도 없어서 지금은 어떻게 되었는지 모르겠다. 아파트를 처음

보았을 때 가슴 깊은 곳에 밴 갯벌의 냄새를 지워줄 것만 같았던, 웅장함으로 기억할 뿐이다. 아파트에 사는 친구들이 부러워 시골집이 싫었고, 사춘기를 지나 성인이 되어서도 시골집에 사는 게 지겨워 넌덜머리가 날 지경이었다.

성인이 된 나는 물건에 잘 싫증내는 사람이 되어갔다. 무조건 새것이 좋았다. 쓸 만한 것도 며칠이 지나면 싫어졌고 오래된 건 더욱 싫었다. 결혼 후 두 아이를 낳고 나서, 아이가 입던 배냇저고리를 고이 접어 액자에 넣으며 오래된 것의 소중함을 깨달았다.

아버지가 아직도 그 집을 보존하고 있는 이유는 집을 팔지 못해서가 아니다. 할아버지와 할머니의 일생이, 우리 삼 남매의 어린 시절이, 그 집에 있어서이다. 집을 보존하려는 아버지의 깊은 뜻을 지금은 헤아릴 수 있다.

주영이와 함께 내가 살던 집을 찾았던 날 이후, 할머니 생각이 간절할 때면 동춘동 산꼭대기 집을 떠올린다. 그리움을 그곳에 기대며 생각에 잠기거나 한바탕 눈물을 쏟기도 한다. 그럼 힘든 일도 슬픈 일도 모두 날아가고 가벼워진다.

그 집에 스무 살이 되기 전까지 살지 않았더라면 집은 더 많이 낡았을 것이고, 집을 보존하지 않았다면 마음 기댈 곳은 없었을 것이다. 추억이 담긴 물건과 공간을 함부로 버리지 못할 때는 이유가 있다. 쓸모를 다한 것이어도 다시 한 번 쓰다듬어 보아야 한다. 함께해 온 시간 속에 간직하고 싶은 소중한 추억은 없는지 기억을 더듬어 보는 것이다. 물성이 사라진다고 해서 추억마저 지워지는 건 아니지만, 때로 세월이 흐르면서 기억이 희미해지기도 하니 꼭 간직하고 싶은 이야기가 있다면 추억이 담긴 것은 지켜야 한다.

※ 동춘마을의 정확한 명칭은 '농원마을'이다. 1950년도 6.25 전쟁 이후 할아버지의 형제가 국가에서 난민 주택 50호를 받아 형성되었다. 피난민이던 마을 사람들은 흙을 벽돌로 만들어 집터를 잡았다.
※ 그림책방 〈느티나무 아래〉의 블로그에는 공사 중이라고 적혀 있지만, 현재는 문이 닫혀 있다.

계단 위로 보이는 예전 우리 집

08

한 번 더 당신을
바라보는 일, 온기를 품은
비언어

나와 지속적인 만남을 갖는 사람과 시간을 함께 보낸 뒤, 다음번 만남을 기약하며 헤어질 때, 자주 코끝이 찡해진다. 이별의 감정이 들어서이다. 언젠가 다시 만날 거라고 해도 조금 전까지 웃고 떠들고 먹으며 시간을 함께 나누던 사람과 헤어지는 건, 나에게는 어려운 일이다. 이러한 어려움은, 작년 한 해 동안 이어진 사람과의 단절에서 비롯되었다.

오늘 집 근처에 있는 '농부와 책방'에서 코끝이 찡해진 날이었다. 미리 책방 예약을 해 두어서, 볼일을 보고 집으로 돌아와 숨 돌릴 틈도 없이 책방으로 향했다. 책방을 찾은 건, 칠 개월만이었다.

언젠가 심한 불안으로 이틀간 잠을 자지 못한 날이 있었다. 누군가와 함께여야지만 진정이 될 듯했다. 함께 있어 줄 누군가가 떠오르지 않았고, 불안으로 한시도 가만히 있을 수 없었던 나는 아무 곳에 전화를 걸어댔다.

그러다 '농부와 책방'에 연락이 닿았고, 그는 지금 책방으로 와주었으면 좋겠다고 했다. 나는 15분 만에 책방으로 갔다. 진정되고 나니 무얼 믿고 낯선 사람에게 전화를 걸었으며, 오란다고 한달음에 달려갔는지 그 이유를 몰라 당혹스러웠다.

'농부와 책방'에 도착한 시간은 오전 10시 30분이었다. 날 맞이해준 분은 책방지기님의 부군이었다. 책방지기님은 본업이 있어서 교대로 책방을 본다고 했다. 그는 요기할 수 있는 간식을 내오고 한참을 나와 마주 앉아 있었다. 아무 말이나 떠오르는 대로 횡설수설하며 말했다. 그는 감사하게도 경청해 주었고, 침묵이 이어지면 다시 내가 입을 열 때까지 기다려주었다.

선뜻 나의 손을 잡아준 그에게 몇 달이나 감사의 인사를 전하지 못했다. 감사함을 전하고 싶을 때마다, '불안증이 나아지면 책방에 방문해야지.' 하고 생각했다. 전화를 드릴 수도 있지만 너무나 감사할 때는 말로는 안 되는 것이었다. 이제야 괜찮아진 나는 책방을 방문할 수 있게 되었고, 오늘 책방지기님이 이러한 말씀을 전해주었다.

농부와 책방에서의 간식

"수아 님이 왔다 간 뒤로 남편이 늘 수아 님의 안녕을 바랐어요. SNS에 게시글이 올라올 때마다 그래도 끈을 놓지 않아서 다행이라고 했어요."

"……"

감사하고 또 감사해서 무슨 말을 해야 할지 몰랐다.

"예약하실 때 닉네임으로 하셔서 오늘 오시는 줄 몰랐어요. 조금 전에 남편에게 수아 님이 왔다고 연락했어요."

책방지기님에게 내가 왔다는 연락을 받고 출타 중이던 그가 어딘가에서 부리나케 달려왔다.

"언제든 연락만 주시면 무슨 일이 있어도 수아님을 위해 서가를 활짝 열 거예요. 여기서 마음 편히 책 읽고 글 쓰세요. 배가 고프시다면 밥도 사 드릴 거예요."

마음이 힘들 때 도움받은 것만으로도 감사한데 이런 환대와 존중을 받다니 가슴 깊은 곳에서부터 눈물이 차올랐다.

나는 그렁그렁한 눈으로 책방을 둘러보며 말했다.

"이렇게 잘해 주시면… 다음에 어떻게 또 와요."
"수아 님은 좋은 사람이에요. 좋은 사람에게는 그리 하고 싶은 마음이 드는 거예요."

그는 대문 앞까지 날 배웅해 주었다. 바람이 한 번 불어올 때마다 그가 몇 번이나 같은 말을 했다.

"추우실까 걱정이에요. 어서 가세요."

그 마음이 어찌나 따뜻하던지 젖은 눈으로 몇 번이나 뒤를 돌아보았다. 다시 만날 그날을 기약하며 손을 흔들었다.

우리는 언젠가 다시 만날 것이고, 각자의 자리에 있을 것이다. 그럼에도 함께 나눈 시간이 소중하다면, 헤어질 때 한 번 더 서로를 눈에 담아보는 건 어떨까. 진심이 담긴 비언어라면, 어떠한 말을 전하고 함께 시간을 많이 보내지 않아도 관계의 돌탑을 충분히 쌓을 수 있다. 진심은, 언제 어디에서든, 어떠한 형태로든, 통하는 것이다.

농부와 책방

09

경험과 도전은
그 자체만으로도
가치 있다

2019년 5월, 시누에게 전화가 왔다.

"여보세요?"

"어. 나야. 다른 게 아니라 여름휴가 어떻게 할 건가 해서."

"아직 계획 못 세웠어요."

"우리는 세부에 가기로 했어."

"세부라면 필리핀인가요?"

"응."

"와, 좋으시겠어요."

"휴가 기간 맞으면 같이 갈래? 숙소는 예약해놔서 추가로 하면 될 거야. 잠시만 전화 끊어 봐. 사진 보내 줄게."

통화를 마치고 시누가 사진 한 장을 보내왔다. 세부 어딘가에 있을 '솔레아 리조트'가 우리가 머물 곳이었다. 사진 속 리조트와 뒤로 보이는 바다 풍경에 반해 휴가 기간을 맞춰 함께 가기로 했다.

팔월의 무더운 여름날, 시누 가족과 함께 비행기에 올랐다. 사진으로 봤을 땐 리조트가 화려해서 당연히 도심 어딘가에 있을 줄 알았다. 리조트로 가는 풍경은 할머니에게 전해 듣던 삶과 닮아 있었다.

냇가에서 멱을 감고 빨래를 하는 사람들, 상체를 탈의하고 한쪽에서 물놀이하는 아이들, 흙바닥을 맨발로 다니며 닭과 염소에게 먹이를 주는 아가들.

지나온 풍경과 다르게 리조트 내부는 별천지였다. 부대시설 중 가장 좋아한 곳은 인피니티 풀이다. 수영장은 이글거리는 태양 아래 반짝였다. 바다 지평선과 맞닿아 있는 듯한 환상이 거기에 있었다.

세부에서 맞이하는 셋째 날 나와 남편, 시누와 시아주버님은 물에서 놀다가 수영장 앞에 놓인 테이블에 둘러앉아 생맥주를 마셨다. 여유로운 시간을 보내고 있는데 체격 좋은 동양계 중년 여성이 걸어왔다. 물속으로 다이빙하며 입수하는 소리에 시선이 그리로 집중되었다. 그녀는 물밑으로 가라앉더니 풀 중간에서 모습을 드러내고 포물선을 그리며 날아올랐다. 겨드랑이 사이로 물결이 일었다.

그 모습이 마치 날개를 단 듯한 착시효과를 일으켰다. 한 마리의 나비 같았다. 쏟아지는 햇살과 그녀의 몸짓이 겹쳐 눈이 부셨다. 몇 번의 날갯짓 후 수영장 위로 뛰어올라 우리의 반대 방향으로 사라졌다. 그녀가 보여준 것은 접영이었다.

"저 여자분 너무 멋지지 않나요?"

시아주버님이 말했다.

"그러게. 접영 잘하네. 가르쳐 줄까요? 나도 좀 하거든요."

시누는 자유형도 못 하는데 가능하겠느냐고 했지만, 곧잘 따라 했는지 시아주버님은 재능이 있다고 했다. 재능이라는 말을 이렇게 쉽게 갖다 붙여도 되는지 몰라 얼떨떨했다.

솔레아 리조트

이 주간의 휴가를 마치고 집으로 돌아왔다. 나비처럼 날아오르던 그녀의 몸짓이 강렬해 머릿속을 맴돌았다. 수영을 제대로 배워보고 싶었다. 가을로 접어든 구월의 어느 날, 수영장으로 갔다. 물에 익숙하지 않아서 잘할 수 있을지 걱정스러운 마음으로 첫 강습을 받았다. 첫날 강사님은 수영을 처음 해보는 게 맞느냐고 물었고, 강습이 끝나고 자유 수영 시간이니 남아서 연습하면 실력이 더 빨리 늘 거라고 했다.

강습이 끝나고 남아 한 시간씩 그날 배운 영법을 연습했다. 주말에는 수심 1.8M, 왕복 100M 풀이 있는 수영장에서 더 많은 시간을 보냈다. 그 결과는 빠르게 나타났다. 두 달 만에, 초급에서 중급 1, 2반을 거쳐 상급반으로 올라갔다.

상급반 첫 강습 시간에 강사님은 중학생 때라도 수영을 시작했더라면 접영 선수를 했을 거라고 말했다. 지금이라도 늦지 않았으니 접영을 주력으로 마스터즈 대회를 준비해 보면 어떻겠느냐고 덧붙였다.

상급반에는 마스터즈 대회를 준비하는 사람이 여러 명이어서 훈련 강도가 높았다. 강습은 운동량을 채우는 게 목표였다. 15분 강습 후 30분간 인터벌 수영으로 이어졌다. 더 정확한 영법을 구사하기 위해 지상 운동이 추가되었다. 특히, 접영 훈련이 있는 날은 숏핀(훈련용 오리발), 발가락 밴드, 모래주머니 등이 동원되었다.

수영을 배운 지 얼마 안 되어서 물속 감각이 부족해 금방 체력이 고갈되었다. 중급반으로 내려간다고 해야 하는지, 포기하고 싶을 때가 한두 번이 아니었다. 동작이 쳐질 때마다 강사님은 "충분히 할 수 있습니다. 잘 해왔잖아요." 하고 말했다. 그 말에 영혼까지 끌어모은다는 심정으로 힘을 냈다. '할 수 있어. 몸이 부서지더라도 꼭 해내고 말 거야.' 더 견딜 수 없는 지경에 이르면, '여기는 군대다.' 하고 생각하며 정신력으로 버텼다.

매주 수요일 강습은 수영의 꽃인 접영만 하는 날이었다. 강사님은 영법마다 가장 잘하는 수강생을 선두 자리에 세웠다. 다른 종목은 몰라도 접영 선두는 내 자리였다. 종종 두 팀으로 나누어 릴레이로 시합했다. 경기는 선두의 역할이 중요하다. 스타트를 어떻게 끊느냐에 따라 기싸움의 승패가 결정된다. 내가 물속에서 출발해 한 바퀴를 돌고 오면 다음 사람은 다이빙으로 릴레이를 이어가는 식이었다.

물속에서 출발하는 접영은 이렇게 이루어진다. 왼쪽 발바닥을 수영장 벽에 대고 호흡을 깊게 들이마신다. 양손으로 물을 떠받치듯 올리며 왼발이 닿은 위치까지 물속으로 몸을 가라앉힌다. 양발을 벽에 대고 몸을 유선형으로 만든다. 무릎을 굽혔다 펴며 힘차게 차고 나간다. 다섯 번의 돌핀킥이 끝나면 손으로 물을 잡아, 뒤로 밀어냄과 동시에 강한 한 번의 출수 킥을 찬다. 포물선을 그리며 양팔을 뻗어 몸을 멀리 띄운다. 광배근을 당겨 무엇인가를 끌어안 듯 팔을 벌리고 앞쪽으로 다시 모은다.

접영을 하는 동안, 나의 마음가짐은 특별하다. 몸을 물 밖으로 띄우려면 물속에서 준비동작을 해야만 한다. 첫 출수를 하기 전 물밑으로 몸을 가라앉힐 때면, 늘 지금의 나를 떠올린다. 보이지 않는 물속 동작은, 무언가를 향해 나아가는 과정과 닮아 있다. 물 밖으로 드러낸 모습은 마치 나비처럼 우아하지만, 한 번의 출수를 위해서는 물속에서 분주하고 신중하다.

꿈을 품고 매일 글 쓰는 지금의 나도 거기 즈음이지 않을까. 언젠가 날아오르기 위해 꿈을 향해가는 과정. 끊임없이 읽고, 쓰고, 지우기를 반복하는 시간이 헛되지는 않을 것이다. 그 속에서 나를 조금 더 알아가고, 내면이 단단해지고 있다는 걸 느낀다. 끌어안은 꿈을 더 높이 그리고 멀리 쏘아 올릴 준비를 하고 있다. 준비를 마치고 나면 꿈을 품은 가슴을 활짝 열고 힘차게 나아갈 것이다.

급속도로 상급반에 올라간 나에게 "보통이 아니야." 하고 말하는 남성 수강생도 있었다. 그러나 그가 모르는 게 있다. 한 번의 날아오름으로 더 멀리 그리고 빨리 나아갈 수 있는 추진력 뒤에는, 가려진 지난한 시간이 있었다. 아무리 재능이 있다고 해도 지상 운동을 포함한 고강도 훈련을 견디지 못했더라면, 결과는 달랐을 것이다.

살아오면서 재주가 하나도 없는 줄 알았는데, 서른다섯에 처음으로 재능을 발견했다. 그것도 접영이라니. 수영에 재능이 있을 줄 누가 알았을까. 경험을 많이 하고 용기를 내어 도전하는 일은 그 자체만으로도 가치 있는 것이다.

　언젠가 다시 세부의 솔레아 리조트 인피니티 풀에 가고 싶다. 윤슬이
일은 물에 몸을 담그고, 높은 순도로 삶을 그려내는 수필가의 꿈을 몸과
함께 내던지는 것이다. 바다 지평선 끝까지. 상상만으로도 짜릿하다. 날
아오르는 몸처럼 꿈도 훨훨 날아라, 버터플라이.

윤슬이 일은 물에 몸을 담그고, 높은 순도로 삶을 그려내는

수필가의 꿈을 몸과 함께 내던지는 것이다. 바다 지평선 끝까지.

10

누구나
하는 실수와
실패

제대로 되어가는 게 하나도 없는 듯한 불안감에 휩싸인 날이었다. 불면증으로 잠을 잘 자지 못하는 날이 더해갈수록, 잘 살고 있는 건가 하는 생각이 자꾸만 들었다. 지금의 내 삶이 괜찮은 건지 의심이 들었고 실패자 같이 느껴졌다. 불안정한 심리 상태가 걱정되어 집 근처에 있는 정신과에 상담을 예약했다.

"잘 살고 있는 건지 모르겠어요. 자꾸만 일이 꼬여요. 육아도 인간관계도 전부 다요. 되는 일도 없고 나이만 들어가고 실패한 인생 같아요."

"누구나 하는 고민이에요. 말을 안 해서 그렇지 다들 비슷한 고민을 하고 살아요. 지금은 심리적으로 위축이 되어 있는 듯하네요."

의사는 요즘 나의 생활 패턴을 묻더니 불규칙하다고 했다. 신체 리듬이 깨졌을 거라며 운동을 추천했다. 부정적인 생각에서 벗어나려면 몸을 많이 쓰는 게 도움이 될 거라며, 규칙적인 생활을 찾는 게 먼저라고 했다.

코로나 발병 이후 중단했던 수영을 다시 시작해야겠다고 마음먹었다. 전에 다니던 곳은 문을 닫아서 다닐 만한 수영장을 다시 찾아야 했다. 다행히 집에서 차로 30분 거리에 있는 사설 수영장을 찾을 수 있었다. 첫째인 주영이의 하교 시간과 강습 시간이 맞지 않아서 선택의 여지는 없었다. 하는 수 없이 새벽반을 수강했다.

오전 5시 30분까지 수영장에 들어가려면 오전 4시에는 일어나야 했다. 새벽에 일어나는 건 쉽지 않았다. 처음 몇 주는 긴장하며 제시간에 일어났지만, 고비가 찾아왔다. 주말 이후 혹은 대자연의 날에는 한 주 쉬고 싶은 유혹을 뿌리치기 어려웠다.

못 일어날까 봐 알람을 10분 단위로 다섯 개나 맞추어놓았다. 알람 소리에 화들짝 놀라 오뚝이처럼 일어났다가도 다시 얼굴을 이불에 파묻었다. 잠결에 "일어나야 하는데…." 하고 중얼거리며 엎드려 있는 상황은 모 아니면 도였다. 정신력이 승리하면 새벽 수영을 가고 몸이 승리하면 가지 못했다.

의지가 약해질 때면 의사가 한 말을 떠올리며 꾸역꾸역 일어나 눈곱도 떼지 않고 집을 나섰다. 나를 위하는 일이라는 의지력으로 무거운 몸을 이끌고 새벽바람을 맞았다. 떨어지지 않는 발걸음을 옮기며 수영장으로 향할 땐 몸이 천근만근이었는데, 수영하고 나온 뒤에는 다른 몸이 되어 있었다. 좋지 않은 기운을 쏟아낸 자리에 좋은 에너지가 차오른 것이었다.

수영할 때는 오롯이 신체의 움직임에만 집중할 수 있어서 다른 생각이 들지 않는다. 저항을 최소화하며 물살을 가르고 나아갈 때는 짜릿하다. 수영 후 집으로 돌아오는 길에는 콧노래가 절로 나왔다. 가벼워진 몸과 긍정의 에너지로 하루를 기분 좋게 시작할 수 있었다.

"주말 잘 지냈어요?"

매주 월요일이면 누군가는 꼭 밝은 얼굴로 안부를 묻는다. 이십 대에서 육십 대까지 모두 친구가 될 수 있는 게 수영의 또 다른 매력이다. 탈의실에서 우리는 알몸으로 안부를 주고받으며 주말 동안 얼마나 먹었는지 종종 수다를 떤다.

스스로 무언가
해낼 수 있다는 사실은,

마음속에 희망이라는
꽃을 피운다.

"누가 더 많이 먹었나 어디 좀 봅시다."

"어제 퇴근하고 배고파서 빵 먹고 잤더니 속이 더부룩해요. 배도 더 나온 것 같기도 하고….

"어디 봐. 에이, 이 정도는 뭐 금방 빠져."

"앞엔 괜찮은데 허벅지 뒤쪽 셀룰라이트 좀 없애고 싶어요."

"수영으로 되려나 모르겠네. 영 보기 싫으면 전신 수영복 입어 봐. 곧 시즌 세일할 거야. 그때 하나 사."

서로의 몸을 위아래로 훑으며 나체로 나누는 인사는 오래된 친구처럼 돈독하게 만들어주는 마법과 같다. 그러면서, "오늘 운동량이 얼마나 되려나." 하고 들뜬 마음으로 열심히 하자고 의지를 다진다. 반겨주는 수영 친구에게 동지애가 느껴지면, '그래. 일어나기 힘들어도 오길 잘했어.' 하고 나를 칭찬하게 된다. 우리는 가끔 강습을 마치고 수영장 건물 1층에 있는 편의점 앞에 모여 커피를 마신다.

"수아 씨, 이따가 커피 마시고 가자. 끝나고 편의점 앞에서 만나."

아이스 아메리카노를 사서 삼삼오오 모여 쭉 한 모금 빨아 당기면 저 세상 텐션이 된다. '그래. 바로 이게 행복이지.' 하는 생각으로 입가에 미소가 번진다. 수영을 다시 시작하고 나서 규칙적인 생활을 하게 되니 술을 멀리하게 되었다. 운동 후 몸에 활력이 돌아 입맛도 좋아졌다. 집에만 있을 땐 감상에 젖는 밤이면 삶에 대한 확신을 잃어 우울해지곤 했는데, 이제는 머리만 대면 잠들기 바쁘다. 우울할 틈도 줄어들었다. 새벽 기상에 적응해 가면서 다음날 수영을 갈 수 있다는 사실에 기분이 좋아지는 밤도 하루하루 늘어갔다.

스스로 무언가 해낼 수 있다는 사실은, 마음속에 희망이라는 꽃을 피운다. '이것도 해냈으니 다른 것도 할 수 있겠다.' 하는 용기를 준다. '하면 돼. 안 되면 다른 걸 해보면 되지.' 하는 마음이 되는 것이다. 지금의 나에게 해주고 싶은 말이 있다. 어쩌면 우리 모두에게 필요한 말일 것이다.

"못해도 괜찮아. 너만 그런 건 아니야. 실수와 실패는 누구나 해. 그러니 실패가 반복돼도 좌절할 필요는 없어. 실패를 했다고 해서 너의 인생마저도 실패한 건 아니야. 도전과 실패를 반복하며 지금처럼 나아가면 되는 거야. 잘하고 있어. Cheer up!"

11

생의 마지막에
가져갈 수 있는 게
있다면

내 안에는 하느님이 살고 계신다고 믿는다. 하느님은 이승과 저승의
갈림길에서 존재를 드러내신다. 대학생 때 사고를 겪고 한 달 이상 하반
신에 감각이 없었을 때도, 이별의 상심으로 하느님의 곁으로 가려했을
때도, 할머니가 하늘의 별이 되었을 때도, 하느님은 나의 곁에 계셨다.

2012년 겨울이 지나고 만물의 생명이 움트는 봄을 맞이한 어느 날에
도, 나는 하느님의 존재를 느꼈다. 당시의 나는 임신 팔 개월이어서 하루
가 다르게 배가 불러와 몸이 무거웠다. 오전 8시 30분, 남편이 출근한 뒤

거실 청소와 설거지를 하고 나니 잠이 쏟아졌다. 만삭에도 낮잠은 잘 자지 않았는데 그날따라 아침부터 고단했다. 아기가 커갈수록 몸이 부대껴 며칠 잠을 자지 못한 탓이었다. 만삭에는 불면증으로 고생하는 산모가 많다고 하니 그러려니 했다.

한숨 자고 일어나서 장을 보러 마트에 갈 생각이었다. 침대에 누운 것까진 기억나는데, 언제 잠이 든 건지 모를 만큼 순식간에 잠이 들었다. 꿈을 잘 꾸지 않지만, 그날은 꿈을 꾸었다. 할머니의 꿈은 처음이었다. 할머니는 노환으로 식사량이 줄다가 하루 한 끼조차 드시지 못해 두유에 카스텔라를 적셔서 두어 입 먹는 게 전부였다. 그런 할머니가 꿈속에서 큼직한 양푼을 끌어안고 연신 밥을 드시고 계셨다.

"할머니, 할머니, 천천히 드셔야지 그러다 체해요."

할머니를 부르며 뛰어가는데, 드시던 밥 수저를 놓고 오지 말라는 듯 손짓하셨다. 내가 자리에 멈추어 서자 할머니는 아무 말 없이 나를 바라보았다. 그 눈이 왜 그렇게 슬퍼 보였는지 알 수 없었다.

"할머니, 우는 거야? 왜 그래? 무슨 일인데."

다시 할머니에게로 가려고 발걸음을 옮겼다. 그러자 할머니는 고개를 돌리고 멀어져갔다. 온 힘을 다해 달려갔지만, 할머니는 아주 작은 점이 되어 사라지고 말았다. 눈을 떴을 때 심장이 쿵 하고 내려앉는 기분이었다. 아, 꿈이었구나.

시계를 보니 11시였다. 한 시간 정도 잠을 잔 듯했다. 악몽을 꾼 것도 아닌데 불안하고 초조했다. 할머니를 모시고 있는 작은고모에게 전화를 걸었다. 몇 번을 걸어도 연결되지 않았다. 작은고모와 한동네 사는 큰고모에게 전화를 걸었지만, 역시 받지 않았다. 이때부터 심장이 두근거리기 시작했다. 전화 연결이 안 될 수도 있는 건데 왜인지 모르게 불안, 초조, 걱정으로 기분이 묘했다. 어머니 가게로 전화를 걸었다.

"엄마, 할머니 잘 계시지?"

"……"

어머니는 한동안 말을 잇지 못하셨다.

"할머니 잘 계시지?"

"……"

할머니의 안부를 재차 물어도 수화기 너머로 아무 말이 들리지 않아 화가 났다. 무슨 일이 있는 듯했다. 눈가에 눈물이 고였다. 울먹이며 다시 할머니의 안부를 물었다.

"할머니 잘 계시냐고 묻잖아. 왜 대답이 없어. 할머니 식사 잘하고 계시지?"

"그새 언니가 말한 거야?"

"무슨 말? 언니한테 아무 연락도 없었어. 조금 전에 할머니 꿈을 꿨어. 양푼에 담긴 밥을 급하게 드시는데 무슨 일이 생긴 것 같아서 기분이 이상해."

어머니는 떨리는 목소리로 말했다.

"오늘 새벽에 돌아가셨어."

"왜 말 안 했어?"

"네가 만삭이라 걱정돼서……."

"그래서 할머니는 지금 어디 계셔?"

어머니는 할머니가 안치되어 있는 천주교 인천 연수성당 장례식장을 알려주었다. 할머니가 가시는 길에 나에게 왔다는 걸 알았다. 아직 할머니가 가지 않고 곁에 있다는 걸 하느님이 꿈으로 보여주신 거라고 여겼다.

장롱면허라 동네조차 제대로 운전해보지 않았지만, 차 키를 꺼내 들었다. 빨리 장례식장에 도착해야 한다는 생각뿐이었다. 차에 시동을 걸고 내비게이션에 장례식장 위치를 검색했다.

64km를 달려야 했다. 고속도로를 타야 한다니 눈앞이 캄캄했다. 그러나 두렵다고 해서 가지 않을 수는 없었다. 할머니를 이렇게 보내 드리면 안 되는 것이었다. 나의 가슴과 아기가 있는 배 위에 십자가를 긋고 사이드 브레이크를 풀었다. 천천히 동네를 빠져나와 톨게이트 앞에 다다랐을 때 나도 모르게 울부짖었다.

"하느님, 내 안에 살고 계신 하느님, 제발 도와주세요. 아기와 함께 할머니가 있는 곳에 무사히 도착할 수 있게 도와주세요."

톨게이트를 통과하고 점점 속도를 올렸다. 60km, 70km … 100km. 한 시간 반을 달려 할머니가 계신 장례식장에 도착했다. 문을 열고 들어가자 큰고모가 내 팔을 붙잡고 울면서 말했다.

"왜 이제 왔어. 할머니가 널 어떻게 키웠는데 이제야 온 거야. 할머니 돌아가셨어. 할머니가 돌아가셨다고 이것아."

할머니의 영정사진 앞에 향을 피우고 국화꽃을 놓았다. 절을 올리는데 작은고모가 말했다.

"엄마, 수아가 왔어요. 엄마가 그렇게 예뻐하던 수아가 왔어."

나는 큰고모에게 할머니가 갑자기 돌아가신 이유를 물었다.

"할머니가 며칠 동안 두유와 빵도 못 드셨어. 병원에 모시려고 아버지가 서울서 인천으로 왔어. 여러 병원을 돌아다녔는데 허탕을 쳤지 뭐야."
"왜 여러 병원을 돌아다녔는데?"
"병원에서 그 흔한 포도당 주사를 놓아주는 것도 안 된다고 하잖아. 받아줄 병원을 찾느라 그랬지."

아버지는 날이 밝아올 때까지 병원을 찾지 못했다고 했다. 할머니가 아버지에게 "이만큼 고생했으면 됐다. 그만 집으로 가자." 하고 말씀하셨다고 한다. 그런데 이상한 일이었다. 물도 제대로 못 드시던 할머니가, 다음 날 카스텔라 반 조각과 두유 하나를 다 드신 것이었다. 큰고모와 작은고모는 고비를 넘긴 것 같다고 안도했다. 고모들이 잠시 밖에 다녀올 동안 할머니를 경로당 소파에 누여 드렸다고 한다.

"경로당에 모셔다 드렸는데 할머니가 잠이 온다고 했어. 자고 있을 테니까 밭에 다녀오라고 해서 얼른 다녀올 생각이었지."

그게 할머니의 마지막이었다. 할머니는 한 끼 잘 드시고 경로당 소파에서 영원히 잠드셨다. 나는 할머니의 삼일장을 치르는 동안 육개장을 열 그릇도 더 먹었다. 작은고모는 이런 날 염려했다.

"아무리 산달이 다 됐어도 그렇지. 수아 너는 왜 그렇게 먹어대냐. 너무 많이 먹으면 안 좋아."

먹어도 먹어도 배가 부르지 않았다. 심리적 허기인지도 모르고 계속 먹기만 했다. 인생에 하나뿐인 사람이나, 소중한 무언가를 잃으면 마음이 고픈 것이었다.

할머니는 나비가 되어 하나님의 곁으로 가셨다. 하느님은 할머니가 가시는 길을 배웅할 수 있도록 나에게 꿈으로 알려주셨다. 할머니를 마지막으로 배웅하며 알게 된 게 있다. 하느님은 할머니가 내 곁을 떠날 거라는 걸 아시고, 빈자리에 새 생명을 주셨다는 것이다.

할머니의 손을 잡고 성당에 다녔던 날이 기억난다. 신부님은 미사 시간에 종종 이러한 말씀을 하셨다.

할머니

"무슨 일이 있더라도 슬퍼하거나 노여워 말아라. 하느님이 네 안에 살고 계시니."

장례식장에 있던 모두가 이 세상을 돌아 다른 세상의 문을 열고 가시는 할머니를 축복해 주었다. 자식들 잘 키우고 손자, 손녀까지 다 품고 아픈 곳 없이 한평생 잘 살다 가셨다고 말이다. 할머니를 사랑했지만, 사랑한다는 말을 단 한 번도 하지 않았다. 살면서 가장 잘한 일은 아이를 낳은 것이고, 가장 후회되는 건 사랑하는 사람에게 사랑을 전하지 않은 일이다.

　언젠가 생의 마지막을 앞둔 사람들의 인터뷰 영상을 보았다. 죽음을 앞둔 그들이 공통되게 말한 건 누군가를 사랑하라는 것이었다. 생의 마지막에 가지고 갈 수 있는 게 있다면 사랑이 아닐까 싶다. 누구나 일생을 사는 건 단 한 번뿐이다. 전할 수 없을 때가 돼서 후회하지 않으려면, 부끄럽고 멋쩍더라도 꼭 한 번 즈음은 사랑하는 사람에게 사랑을 전해야 한다.

12

화려함과
웅장함 뒤에 가려진
눈물

"수아야, 너한테서 무슨 냄새가 나. 안 좋은 냄새."

"조개 냄새가 나나? 우리 동네에 조개 광이 두 개나 있어. 자주 놀러 가서 그런가 봐."

초등학교 2학년 때 한 친구가 나에게서 냄새가 난다고 했다. 조개 냄새는 갯벌 냄새였다. 어머니가 서울에서 일하는 동안, 날 돌본 건 할머니였다. 할머니는 일주일에 두세 번 갯벌로 가 조개를 캤다. 친구가 맡은 갯벌 냄새는 할머니의 냄새이기도 하다. 냄새만으로도 혀에서 짠맛이 느껴지는 듯한 짙은 짠 내였다. 어른, 아이 할 거 없이 동네 사람들에게는 같은 냄새가 났다.

어촌계가 있던 인천 연수구 동춘동 동춘마을에는, 두 개의 조개 광이 있었다. 할머니와 고모는 마을 사람들과 함께 갯벌에서 바지락을 캤다. 산더미 같은 바지락을 실은 경운기가 줄을 이었다. 그것을 조개 광 앞에 쏟아내면 동산이 되었다.

유치원을 다니기 전부터 할머니를 따라 조개 광에 드나들었다. 조개 광은 아이들에게 놀이터였고 어른들에게는 밥줄이었다. 바지락 까는 일은 어른과 아이를 가르지 않았다. 탱글하고 보드라운 바지락 속살을, 납품하는 상인에게 주고 소액을 받았다. 돈을 받는 날이면 할머니는 내 손에 천 원을 쥐어주었다.

"수아야, 오양이네 가서 맛난 거 사 먹어라. 친구도 하나 사주고 너도 먹고 놀아."

천 원이면 오양이네서 먹고 싶은 것 무엇이든 살 수 있었다. 어떤 날은 바지 주머니 양쪽 가득 왕방울만 한 사탕을 샀고, 어떤 날은 초코파이와 우유를 사 들고 친구와 조개껍질 무덤에 앉았다.

동네 아이들은 조개껍질이 쌓여 있는 곳을 뛰어다니며 발로 밟아 으깼다. 조개 광에 쌓여 있는 바지락 사이에서 보물찾기도 했다. 그 속에 숨어 있는 맛조개, 소라, 돌게를 찾고 놀았다.

큰 주전자 하나를 채울 만큼 모이면 광 한쪽 주전자에 물을 끓였다. 하얀 김이 안개처럼 조개 광을 채우고, 주전자 뚜껑이 파르르 소리를 내며 끓었다. 어른들은 그것을 삶아 동네 아이들에게 간식으로 내어주었다.

여덟 살, 내 손이 여물어지던 날이었다. 고모가 바지락 까는 것을 가르쳐주었다. 조개 칼은 어른의 엄지손가락만 했고 닳고 닳은 모습은 마치 초승달 같았다. 조개 칼은 어린 손에도 잘 감겼다.

바지락 꽁무니에 칼날을 대고 비틀면 맥을 못 추고 입을 벌렸다. 그 사이로 칼날을 집어넣어 반달 모양을 따라 가장자리를 훑어내었다. 한 번 더 헤집으면 바지락은 속살을 드러냈다. 발라낸 살을 할머니 통에 보태면 할머니의 입술은 바지락처럼 부채 모양이 되었다. 조개 칼을 잡은 날부터 나의 살갗에서는 갯벌의 냄새가 났다.

갯벌은 넓고 깊은 바다 밑에 깔려 있다. 바닷물이 빠져나가면 모습을 드러내고, 바닷물이 차오르면 모습을 감춘다. 자신의 존재를 드러냈다 감추는 건 갯벌만이 아니었다. 어머니가 서울로 일하러 가면 할머니는 물이 빠져나간 갯벌처럼 나에게 어머니와 같은 모습을 드러냈고, 어머니가 내 곁에 서면 할머니는 바다 밑에 깔린 갯벌처럼 모습을 감추었다.

바다가 되었다가 육지가 되는 신비의 땅. 그것은 갯벌이고 할머니의 일부이다. 갯벌은 바다를 정화해준다고 해 자연의 콩팥이라 불린다. 갯벌은 넉넉한 할머니의 품처럼 많은 생명을 품고 있다. 할머니가 온정의 터전을 준 것처럼, 갯벌은 철새들의 터전이기도 하다. 철새는 갯벌 한가운데에서 유유자적하다 미생물로 배를 채운다.

내가 아홉 살이던 1994년, 동네 앞까지 천지가 개벽했다. 대우 삼환, 동춘마을, 한양 아파트가 우르르 지어진 것이었다. 그해, 마을의 어촌계가 멈추고 동네 사람들의 한숨이 들려왔다. 갯벌이 매립될 거라고 했다. 어린 나는 그게 무슨 말인지 알지 못했다. 어느 날부터 동네 사람들은 갯벌에 나가지 않았다. 동춘마을을 포함해 근처 어촌계가 있던 4개의 마을 사람들이 진정서를 넣고 농성을 벌였다. 눈물로 호소해도 갯벌 매립은 시작되었다. 새로운 도시가 건설될 거라고 했다.

그러던 어느 날, 할머니와 고모가 종이 한 장을 들고 왔다. 그것을 조개 딱지라고 불렀다. 조개 딱지를 사려고 마을에 정장 입은 사람들이 몰려왔다. 갯벌을 매립하고 그 위에 아파트를 짓는다고 했다. 어촌계의 돈줄이 막혔으니 그 대가로 조개 딱지를 준 것이었다.

정장 입은 사람들은 조개 딱지를 천만 원에서, 많게는 삼천만 원까지 주고 사 갔다. 고모뿐 아니라 서로 앞다투어 그것을 팔았다. 하지만 할머니는 팔지 않고 아버지 손에 쥐어주었다.

동네 사람들이 갯벌에 나가지 못하게 되었지만, 갯벌이 생활 터전이던 사람들의 몸에는 여전히 짠 내가 났다. 할머니에게도 깊이 배인 갯벌의 냄새는 아무리 옷을 빨아도 지워지지 않았다. 할머니의 옷과 가족의 옷을 한데 모아 손빨래를 해서 내 옷에도 짠 내가 났다.

그 냄새는 초등학교 6학년이 돼서도 사라지지 않았다. 유치원을 함께 다녔던 승희와 6학년 때 한 반이 되었다. 그 친구의 혀에는 독이 있었다. 고약한 냄새가 난다며 내 앞을 지날 때마다 코를 틀어막았다.

아파트에 사는 승희 얼굴은 늘 빛났고, 옷에서는 향기가 났다. 날 놀릴 때마다 부끄러웠고 승희가 부러웠다. 한 발을 내디딜 때마다 집어삼킬 듯한 펄처럼, 부끄러움과 친구를 향한 부러움은 날 집어삼킬 것만 같았다.

중학교 3학년 때 아버지는 우리 삼 남매를 차에 태웠다. 차를 타고 바다 위로 뻗은 긴 다리를 건너 허허벌판을 지나자 하늘로 치솟은 건물이 보였다. 아파트와는 비교가 안 되는 높이였다. 아버지는 그중에 한 건물을 가리키며 말했다.

"조개 딱지를 이 아파트와 바꿨다. 저 맨 꼭대기 보이지? 저기가 우리 집이다."

할머니의 땅, 갯벌이 매립되고 그 위에 송도 국제 신도시가 세워졌다. 웅장한 도시 속 아파트는 나에게 배어 있는 갯벌의 냄새를 당장이라도 지워줄 것만 같았다. 그러나 할머니는 아파트를 보러 가지 않았다. 그리 좋은 아파트를 보러 가지 않겠다던 할머니의 가슴 저 밑엔 갯벌이 있었을 것이다. 출렁이는 바닷물처럼 할머니 가슴에도 물살이 들어찼을 것이다. 바지락 캐고 살던 삶을 가슴에 묻었을 것이다. 할머니는 생의 마지막까지 아파트를 보러 가지 않았다.

뱃속에 첫아이를 품은 지 8개월 때, 할머니가 하늘의 별이 되었다. 아이가 두 돌을 맞이하던 날, 남편과 아이를 안고 바다로 갔다. 물이 빠지고 갯벌이 드러나자 아련하고 익숙한 냄새가 풍겨왔다. 뚫려 있는 모든 감각을 타고 파고들었다.

아이를 남편에게 맡기고 무엇엔가 홀린 듯 갯벌로 걸어 들어갔다. 뽀글거리는 구멍을 맨손으로 파헤쳤다. 작은 게는 줄행랑쳤고 조각난 조개 껍질은 손에 상흔을 남겼다. 잿빛에 감춰진 검은 흙에서는 진한 갯벌의 냄새가 났다. 나에게서 지워진 줄 알았던 그 냄새는 그대로였다. 갯벌이 품은 냄새는 할머니와 나의 냄새이다.

둘째가 세 살이 되던 해, 남편이 송도 신도시에 가자고 했다. 보트를 타러 가자는 것이었다. 아이들에게 구명조끼를 입히고 작은 전동 보트에 올랐다. 강처럼 보이는 호수에서 바람이 불어오는데 미간이 저릿했다.

눈물이 차오르고 있었다. 불어오는 바람에서 갯벌의 냄새가 났다. 나와 할머니의 냄새는 아무리 세월이 흐른다고 해도 잊을 수 없는 것이었다.

남편과 나는 유월이 되면 종종 갯벌에 간다. 아이들 손에 장갑을 끼우고 장화를 신긴다. 한 손은 아이 손을 잡고, 한 손에는 호미 한 자루를 쥔다. 아이와 함께 갯벌에 발을 딛는다. 한 걸음, 두 걸음, 뒷걸음이 앞걸음을 포개며 할머니의 땅을 걷는다.

갯벌의 냄새를 안고 불어오는 유월의 바람은 할머니의 품처럼 포근하다. 짠 기운으로 눅눅해진 머릿결이 바람에 흩날리면 고개를 들어 숨을 들이마신다. 깊숙한 곳까지 할머니 냄새로 가득 채운다.

시대가 변하면서 구도시는 화려하고 웅장하게 다시 태어난다. 많은 사람이 깔끔하고 쾌적한 걸 좋아하지만, 그 뒤에 가려진 누군가의 소박한 삶과 희로애락은 알지 못한다. 발전 뒤에는 희생이 따른다. 그러니 꼭 새로운 게 좋은 것만은 아닐 것이다. 급속도로 발전하는 지금의 시대에는, 투박하고 불편하더라도 옛것을 간직하고 그 속에 담긴 역사를 기억하는 게 필요할지도 모른다.

투박하고 불편하더라도 옛것을 간직하고

그 속에 담긴 역사를 기억하는 게 필요할지도 모른다.

○

외로움을 마주하는 자세

○

3부

옳고 그름이 없는 감정

13

공감을
잘하는 사람이 되기 위한
연습

팔 년 지기 친구가 작별을 고했다. 첫째와 둘째를 함께 키우며 육아의
고통을 함께 나누던 우리였다. 정확히 말하면 나보다 일곱 살 많은 언니
이다. 나의 마음을 잘 헤아려주던 H 언니는, 정신적 지주와도 같았다.

코로나19가 발병하고 얼마 지나지 않아 H 언니와 연락이 닿지 않았다.
무슨 일이라도 생긴 건지 몹시 걱정되었다. 줄기차게 연락한 끝에 믿을 수
없는 말을 듣게 되었다. 코로나에 확진되었다는 것이었다. 지금은 확진자
를 바라보는 시선이 따갑지 않지만, 코로나 발병 초기에는 그렇지 않았다.

H 언니는 음압병실에 있다가 생활치료센터로 옮겼고, 우리는 석 달 뒤에 만났다. 곱도리탕에 소주를 마시고 2차로 선술집에서 맥주를 마셨다. 맥주값과 택시비를 서로 내겠다고 티격태격했지만, 이야기보따리를 한껏 풀어놓으며 많이 웃었다. 그런데 나만 즐거웠던 듯하다.

며칠 후 H 언니는 서운함을 표현해 왔다. 울적한 마음을 위로받고 힘든 마음을 공감받고 싶었는데 그러지 못했다는 것이었다. 석 달을 병실에서 얼마나 힘들었을지 헤아려주지 못해 미안했다. 사과를 늦게 하면 돌이킬 수 없다는 걸 알기에 빠르게 미안하다는 말을 전했다. 그럼에도 H 언니는 말로 날 아프게 했다. 마음을 헤아려주기 위해 긴긴 말을 덧붙여보았지만, 우리의 관계는 끝이 났다. 시간이 흘러 만나자고 해보아도 소용없었다.

이 년이 지난 지금도 가끔 H 언니가 했던 "너는 원래 공감 능력이 부족하잖아. 나르시시스트는 공감력이 떨어진대."라는 말이 생각난다. 공감 능력이 떨어진다는 것도, 나르시시즘이라는 것도 처음 듣는 말이었다. 결혼 전 유치원 교사를 하면서 아이가 속상해할 때면, "우리 ○○가 속상하구나. 선생님이어도 속상했을 거야." 하는 말로 마음을 읽어 주었던 나였다. 공감 능력이 부족하다고 여겨본 적은 없었다.

생각해보면 같은 처지에 있는 사람들은 쉽게 공감할 수 있다. 맡은 업무의 고충을 누구보다 잘 아는 건 직장 내 동료이고, 주부 생활의 어려움을 잘 아는 건 같은 입장인 주부이다. H 언니의 상황이 되어보지 않아서 마음을 헤아려주지 못한 것도 있지만, 위로를 건넸어도 받아들이는 사람이 감각하지 못하면 어찌할 수 없다.

공감이란 무엇일까. 그저 상대방의 말을 들어주고 고개를 끄덕이는 것이 공감일까. 한때는 경청과 묵언의 제스처가 공감인 줄 알았다. 그러나 지금은 아니다. 아는 만큼 보인다는 말이 있듯 아는 만큼 해줄 수 있는 게 공감이다. 누군가를 완벽하게 공감해준다는 건 불가능하다. 같은 입장이라고 해도 상대방이 느끼는 감정과 경험을 온전히 감각하지 못하기에 그러하다. 감정은 상대방의 것이지 나의 것이 될 수 없다.

공감을 잘하는 사람이 되려면 어떻게 해야 할까. 우선 많이 알아야 하고 풍부한 경험이 뒷받침되어야 한다. 직접 경험이 좋지만 그럴 수 없을 땐 간접 경험을 하면 된다. 독서, 드라마 시청, 영화 감상, 뮤지컬 보기, 노래 듣기 등이 이에 해당한다. 그다음 에너지를 들여 상대방의 입장이 되어보는 것이다. 간접 경험은 사람을 통해서도 할 수 있다.

서른 후반이 되어도 아직 모르는 것 투성이다. 인터넷에 정보가 쏟아지는 시대라고 해도 모르는 세계가 너무나 많다. 꾸준한 직·간접 경험과 타인의 입장에 서보는 연습을 게을리하지 말아야겠다. 언제가 될지 알 수 없지만, H 언니가 돌아오면 반갑게 맞이해주고 싶다. 그때는 기대고 싶을 때 공감을 잘해주고 아픈 마음을 헤아려 줄 수 있는 사람이기를 바라는 마음이다.

감정은 상대방의 것이지 나의 것이 될 수 없다.

14

자존감을
지켜내려면

한상권 작가님의 북 콘서트에 가기 위해 일요일 아침부터 서둘렀다. 2시간 반을 이동해 서울에 있는 '스토리지북앤필름' 강남점에 도착했다. 한상권 작가님을 알게 된 건 일 년 전이다. 함께 글 쓰는 문우인 『인생의 절반쯤 왔을 때 논어를 읽다』의 저자 조형권 작가님을 통해 한상권 작가님과 인연이 되었다. 우리는 매일 아침마다 메시지를 주고받으며 서로의 글쓰기를 응원하고 있다.

언젠가 오프라인 모임을 했지만, 거리와 시간상 가지 못했다. 한상권 작가님을 뵙는 건 북 콘서트에서 처음이었다. 각자의 언어로 서로를 지지하고 응원하며 마음을 나누어서인지 처음 뵙는데도 낯설지 않았다.

한상권 작가님은 북 콘서트에서 자존감에 대해 미니 강연을 해 주셨다. 사람들과 잘 지내고 싶어서 타인에게 많은 에너지를 들이고 넓은 인맥을 유지해야 잘 사는 거라고 여기며 살아왔다고 말씀하셨다. 그러느라 정작 자신을 돌아볼 여력이 없었다며, 중심축이 외부에 있음을 알게 되었다고 했다. 사회라는 울타리 안에서 많은 사람을 만나고 갖가지 일을 하다 보면 자신을 챙기지 못하게 되니 자존감이 떨어질 수밖에 없다고 덧붙이셨다.

한상권 작가님 북토크

정우열 정신과 의사도 자신이 운영하는 유튜브 채널에서 이와 비슷한 말을 했다. 타인에게 쉽게 상처받는 사람들은 자신의 시선이 타인에게 있어서라고 한다. 그 시선이 자신을 향해 있는 사람은 어떤 면에서는 이기적으로 보일 수 있지만, 외부로부터 자신을 지키는 힘이 있다고 말했다.

여러 개의 페르소나를 갖고 사는 시대에 타인에게 어떻게 비추어질까 염려하며 '~척'을 하고 사는 사람이 많다. 한상권 작가님의 책『나는 아프지 않은 척했다』 제목처럼, 나 역시 수많은 척을 하며 살아왔다. 아프지 않은 척, 괜찮은 척, 좋은 척, 슬프지 않은 척, 우울하지 않은 척 등……

때로는 친구에게 힘들다고 징징거리기도 하지만, 이것도 한두 번이지 반복되면 관계가 나빠진다. 그전에 '척'을 해야만 했다. 힘들지 않은 척하며 진짜 마음 위에 가짜 마음의 포장지를 씌운 것이다.

북 콘서트에 참여한 사람의 이야기를 듣다 보니 가슴 한쪽이 아렸다. 그간 만나온 사람만 해도 셀 수 없이 많고 하루에 만나는 사람도 많은데, 정작 마음을 나눌 사람 하나 없다는 누군가의 말에 울컥한 것이었다.

바쁘게 돌아가는 하루에 해야 할 일도 많은데, 누군가의 감정을 들어주는 건 쉽지 않은 일이다. 친한 사이여도 가끔은 가능하겠지만 자주 힘든 마음을 털어놓으면 듣는 사람이 피로해질 수밖에 없다.

사람을 아예 만나지 않고 살면 모를까, 인간관계에서는 의도치 않게 상처를 주고받는 건 당연하다고 어느 정신과 의사가 말한 바 있다. 그러니 어떤 관계일지라도 좋기만 한 관계는 없을 것이다.

인간관계에서 알게 모르게 마음이 상하는 건 누구나 겪는 일이다. 상처는 내면에 쌓여만 가는데 기댈 사람 하나 없다면 어떻게 해야 할까. 한상권 작가님은 자신을 지키기 위해 새벽 기상과 명상을 하고 일기를 쓴다고 했다. 몸과 마음은 하나이니 새벽 기상으로 생체 리듬을 조절하고 명상으로 자신에게 집중하며 감정을 해소하는 일기를 쓴다는 것이다.

정우열 정신과 의사도 감정 일기를 쓰라고 추천한 바 있다. 감정 일기에 욕도 쓰고 별거 다 쓰라고 말했다. 나중에 다시 읽으면 사람이 아닌 동물인가 싶은 정도로 험한 말을 썼다는 걸, 내담자에게 많이 전해 듣는다고 한다. 그만큼 마음에 쌓인 독소가 많은 것이다.

감정 일기를 쓰진 않지만, 나만의 감정을 해소하는 창구가 있다. 첫 번째는 심리상담이고 두 번째는 글쓰기이다. 하고 싶은 말과 토하고 싶은 마음을 그럴듯한 문장으로 잘 포장해 우회적으로 표현하고 나면 속이 좀 풀린다.

언젠가 심리상담 시간에 욕을 하기도 했다. 나도 모르게 개 XX라는 말이 입 밖으로 나온 날이었다. 당황한 나에게 심리상담 선생님께서는 "시원하게 쏟아내세요. 그러셔도 돼요." 하고 말씀해 주셨다. 그 뒤로는 참지 않고 욕이 나오면 그대로 해 버린다. 어느 날은 얼마나 감정을 쏟아내었는지, 상담을 마치고 나서 기운이 없을 정도였다.

　자존감을 지키려면 시선을 외부가 아닌 자신에게로 두며, 마음에 쌓인 독소를 어떠한 식으로든 풀어내야만 한다. 감정 일기, 글쓰기, 심리상담, 그 무엇이든 상관없다. 독소를 끌어안고 사는 건 마음의 병을 얻는 지름길이다. 우울증과 사회 불안증이 있는 나는 지금도 스스로 잘 돌보지 못하면 상태가 안 좋아진다. 이러한 마음의 병은 속앓이에서부터 시작되었다. 어두운 감정을 말하지 못해 쌓아 두고 산 결과의 산물이다. 신생아를 볼 때면 생명의 탄생이 그렇게 고귀할 수가 없다. 귀하게 태어난 당신이 아프지 않기를 바란다.

15

서러움을
밑거름 삼아
나아가기

2019년 불볕더위가 가시고 선선한 바람이 불기 시작한 가을의 초입이
었다. 집에서 차로 30분가량 거리에 있는 책방에서 글쓰기 모임을 한다
고 했다. 강사에게 글쓰기를 배우는 건 아니지만 서로의 글을 읽는 것만
으로도, 배울 게 있을 듯했다. 무엇보다 비용이 들지 않고 자유로운 글쓰
기가 마음에 들었다. 언젠가 김영하 작가님께서 언급하신 대로 해방된
글쓰기가 되지 않을까 하는 생각에 망설임 없이 모임에 들어갔다.

처음 만난 자리에서 그동안 어떠한 글쓰기를 해왔는지 이야기하는 시

간을 가졌다. 모임 일원은 저마다의 글쓰기 경험을 풀어놓았다. 기자 공부를 했던 사람, 10년 넘게 일기를 써온 사람, 어느 협회에 칼럼을 연재했던 사람 등 다양했다. 나는 글이라고는 써본 기억이 없어서 이제부터라도 글을 써볼 생각이라고 말했다.

결혼 후 블로그에 체험 리뷰와 업체 홍보 원고를 쓰기도 했었는데, 당시에는 나의 이야기가 담긴 글이 아니어서 자신 있게 말하지 못했다. 게다가 블로그에 썼던 글은 완성된 문장이 거의 없었다. 문장이라기보다는 사진을 뒷받침하는 단어의 배열이라고 해야 맞을 것이다.

우리는 앞으로 어떠한 글을 쓸지 의견을 나누었다. 누군가는 키워드를 지정한 주제 글쓰기를, 독서를 좋아하는 사람은 독서 리뷰를, 새로운 곳에 자주 가는 사람은 장소 리뷰를, 시를 좋아하는 사람은 시를 쓰자고 했다. 나는 아무 의견도 내지 않았지만, 다양한 글을 쓸 수 있다는 사실이 좋았다.

매주 마감 날을 정해 한 편씩 글을 써서 카카오톡으로 공유했다. 글 분량은 A4 반 장이었다. 지금 여기까지 쓴 글이 딱 그 정도이다. 당시의 나는 처음 글쓰기를 해보는 거라서 한 줄을 쓰려면 시간을 많이 들여야 했다. 한 줄 써 놓고 반나절이나 다음 문장을 쓰지 못한 날도 많았다.

일주일에 한 편의 글을 완성하려면 매일 하루 서너 시간은 컴퓨터 앞에 앉아 있어야 했다. 간신히 몇 문장을 써 놓고도 다음 날이 되면 마음에 들지 않아 삭제하고 처음부터 다시 시작하기도 했다. 그렇게 쓴 글을 카카오톡으로 공유하고 나서 다른 일원의 글을 읽어보았다.

나의 글은 매번 다른 일원에 비해 어딘가 부족해 보였다. 어느 부분이 미흡한지 정확히 가늠할 수 없었지만, 수준 차이를 느낄 수 있었다. 그 이유를 생각하다 '문장력'을 떠올렸다. 매끄러운 문장을 쓰기 위해 책을 뒤적이기 시작했다. 내가 쓴 문장과 책에 쓰인 문장을 비교하면서 어떻게 하면 윤택해질 수 있을지 고민했다.

한 문장의 단어를 요리조리 재배열해 보기도 했다. 그중 소리 내 읽었을 때 가장 잘 읽히는 문장을 골랐다. 어느 날 A는 나에게 "점을 여섯 개 찍어야지 세 개만 찍으면 안 돼요." 하고 말했다. 왜 여섯 개를 찍어야 하느냐고 묻자, "점 여섯 개가 기본이에요."라는 답이 돌아왔다.

책방에서 만나 이야기를 나눌 때면 이번 주에는 누구의 글이 좋았다는 말이 나왔다. 나의 글은 단 한 번도 언급되지 않았고, 내 글을 읽은 누군가 내쉬었던 한숨 소리는 아직도 선명하다. 그도 그럴 것이 처음 글을 써 보는 사람과 글쓰기를 지속해온 사람이 어떻게 같을 수 있겠나.

삼 년이 지난 지금은 안다. 글이라는 것도 하나의 기술을 익히듯 많이 써본 사람이 잘 쓸 수밖에 없다. '처음이라는 전제하에 이 정도면 잘 썼다.' 하는 말은 들을 수는 있어도, 수년 혹은 수십 년을 들여 써온 사람과는 견줄 수 없는 것이다. 사실 "저는 글쓰기에 재능이 있어요." 하고 말하는 사람을 만나보지 못해서 무어라 단언할 수 없지만, 글쓰기에 재능이 있는 사람이라고 해도 많이 써본 사람과 비교할 수 없다고 여긴다.

책방에서 글쓰기 모임을 할 때면 자꾸만 움츠러들었다. 자신감을 잃어 가고 있던 것이었다. "저는 이제 막 글쓰기를 시작했으니 이만큼 하는 것도 스스로 대견하다고 생각해요." 하고 말하면 그만인데, 그러한 넉살은 없었다. 내가 할 수 있는 일은 그저 묵묵히 계속해서 쓰는 것이었다.

움츠러들다 못해 쪼그라들던 어느 날이었다. '정말이지 어디 가서도 글을 잘 쓴다는 소리를 듣고야 말겠어.' 하고 다짐했다. '글쟁이라는 소리를 꼭 들을 거야.' 하는 마음이 된 것이었다. 육아, 밥 차리기, 빨래를 제외한 모든 시간을 컴퓨터 앞에서 보냈다. 육아의 비중이 커서 글 쓰는 시간을 확보하려고, 싱크대에 세 끼 먹은 설거지를 쌓아 놓은 채 글부터 쓰고 늦은 새벽이 되어서야 설거지를 했다.

많은 시간을 들여도 글쓰기는 한순간에 늘지 않았다. 이렇게까지 하는데 제자리걸음인 듯해서 마음이 몹시 힘들었다. 컴퓨터 앞에 엎어져 어깨를 들썩이며 설움을 토하던 날의 연속이었다. 사는 동안 글도 안 쓰고 뭐 했나 싶어 지난날을 탓하기도 했다. 그러나 자책, 후회는 나를 더 힘들게 할 뿐이었다.

그때부터 지금까지 우리 집은 계속 엉망이다. 싱크대에 설거지가 쌓여 있고, 바닥 청소를 하지 못하는 날이 더 많고, 제자리를 찾지 못한 물건들이 뒤죽박죽 섞여 있다. 화장실 청소를 자주 하지 못해, 최근 변기 내부를 세척해주는 기능이 달린 비데를 설치했다.

삼 년을 엉덩이에 쥐가 날 때까지 컴퓨터 앞에서 보냈다. 주말엔 특별한 일이 있지 않으면 밤을 꼬박 새워 쓰고 지우길 반복했다. 한글 파일로 열 장을 쓰면 건질 수 있는 글은 두어 장 정도였다. 휴지통에 버린 글만 해도 200쪽 분량의 책 여덟 권은 될 것이다. 버리지 말고 나중에 살리라고 조언해 주는 분도 있었지만, 아무리 봐도 살릴 수 없는 맥락이었다.

최근 일자리를 알아보다 한 회사를 만났다. 원고 작업을 도와줄 사람이 필요하다기에 그간 써 놓은 글 몇 편을 보냈다. 회사 담당자는 "글 쓴 지 몇 년이 되었어요?" 하고 물었고, 나는 삼 년이 되었다고 답했다. 그는 삼 년 만에 이 정도의 글을 쓸 수 있는 게 놀랍다는 말과 함께 계약서를 보내왔다.

계약사항을 살펴보던 중 회사에서 원고를 쓰기 시작하면 내 글을 쓸 시간이 없을 거라는 걸 알았다. 급여와 재택근무 조건이 마음에 들었지만 아쉬움을 뒤로하고 계약하지 않았다. 나의 언어를 쓰지 못한다는 건 이제 상상할 수 없는 일이 되었다.

삼 년간, 에세이, 소설, 시, 동화, 그림책 등 다양한 글쓰기 수업을 들어왔다. 지금에야 드는 생각은 글쓰기는 배워지는 것인가 하는 물음표이다.

가장 글쓰기 실력이 늘었던 시기를 떠올려 보면 배울 때보다, 혼자 쓰며 숱한 날을 보낼 때였다. 글쓰기 수업을 생각하는 사람에게 "글을 많이 써본 후 수업을 들었으면 좋겠어요." 하고 말해주고 싶다. 수업을 통해 자신의 실력을 확인하고 부족한 부분을 채워가는 게 빠르게 발전하는 방법이다. 글쓰기 강사마다 가르치는 방식과 주관적인 피드백이 작용하므로 어떠한 말을 듣더라도 일희일비하지 않았으면 좋겠다. 여기까지 올 수 있었던 건, 지난날 글을 못 쓰는 사람으로서 받아야 했던 서러움 덕분이다. 쓰다 지칠 때도 다시 힘을 내게 해준 원동력이었다.

모든 감정이 그러하듯 서러움도 나로부터 시작되었다. 이걸 몰랐을 땐 누군가 서러움을 주었다는 생각에 그 사람을 미워하기도 했었다. 그러나 타인은 그 상황에 존재했을 뿐이다. 사람을 미워할수록 부정적인 감정은 커져 오히려 스스로 더 힘들어진다.

감정이 나의 몫이라는 걸 알기까지 오랜 시간이 걸렸다. 서러움에 많이 울었지만, 아무것도 달라지는 건 없었다. 눈물을 짜고 있을 시간에 한 문장이라도 더 쓰는 편이 낫다. 씻어낼 수 있는 서러움이라면 원인을 해결하면 그만이다.

누가 나의 글에 왈가왈부해도 이제는 아무렇지 않다. 오히려 지난날 서러운 감정이 찾아와 주어서 고맙다. 평온했다면 맹렬한 글쓰기를 지속할 수 없었을 것이다. 다른 일로 서러움이 밀려와도 힘들지 않게 맞이할 수 있을 듯하다. 그간 해왔던 대로 서러움을 밑거름 삼아 건설적인 방향으로 나아가면 된다.

말은 쉽지만 행하는 건 어렵다. 그러나 해보면 자기 잠재력과 가능성을 알게 된다. 한 번 해보았으니 두 번째에는 조금 더 수월하게 할 수 있다. 한 번이라도 해본 사람과 해보지 않은 사람의 차이는 실로 크다.

감정이 나의 몫이라는 걸 알기까지
오랜 시간이 걸렸다.

서러움에 많이 울었지만,
아무것도 달라지는 건 없었다.

16

우리의
만남이 기억이 아닌
추억이 되려면

싸이월드의 사진이 복구되었다는 메시지 한 통이 날아든 날이었다. 초등학교와 고등학교 때 친구가 한 명도 없었던 나에게도 나름 활발히 마음을 나누던 친구들이 있다. 사진 속 우리는 신나게 노래를 부르고 탬버린을 치고 환한 얼굴로 브이를 그리고 있었다. 맛있는 음식을 나누어 먹었을 텐데 먹느라 정신이 없었던 걸까, 음식 사진은 없다. 아마 음식을 먹는 동안 우리는 눈을 맞추고, 서로의 말에 귀 기울이고, 맛을 음미했을 것이다.

공부를 지지리도 못했던 나의 눈에는 관음이, 민제, 슬기, 승은이, 병호, 다슬이, 상주, 아름이가 공부를 잘하는 친구로 보였다. 지금까지도 모두 성실하고 예쁘고 멋지고 공부를 잘하는 친구로 기억하고 있다. SNS를 시작하고 다시 연결된 민제는 나에게 특별한 친구로 남았다. 십이 년의 학창 시절을 통틀어 서른여덟인 지금까지, 손 뻗으면 닿을 수 있는 거리에서 바라봐 주는 학창 시절 친구는 유일하게 민제뿐이다.

스무 살이 되어서 승은이의 얼굴을 다시 보게 된 건 군대에 입대하기 전이었다. 곧 입대한다는 말에 내가 승은이를 보고 싶다고 했던 듯도 한데, 정확히 기억나진 않는다. 중학교 때 짝꿍이었던 승은이는 키가 작았고, 스무 살의 그는 고개를 들어 올려다볼 정도로 키가 참 컸다. 고등학생이었던 삼 년간 무슨 일이 벌어진 건지 그저 신기했다. 그게 우리의 마지막일지 몰랐다. 알았더라면 조금 더 다정하게 바라보고 따뜻한 말을 해주었을 것이다.

전역하기까지 고생이 많았을 텐데 승은이에게 편지 한 통 부치지 못한 게 못내 마음에 걸린다. 세월이 흘러 미안한 마음이 남을 것을 알지 못했다. 사람이란 얼마나 어리석고 부족한지 감각하는 지금이다.

아름이와 함께 색깔만 다르고 같은 모양의 리본 핀을 꽂았던, 그 시절이 얼마나 좋았는지 모른다. 리본 핀은 꽤 큼직했다. 짧은 머리에 어떻게 꽂을지 모르겠다던 나에게, 아름이는 머리를 야무지게 올려 핀을 꽂아주었다. 나는 거울 앞에 서서 고개를 돌려 보며 어울리느냐고 물었고, 아름이는 활짝 웃으며 "예뻐." 하고 말해주었다.

얼굴이 유난히 하얗고 마른 체형의 상주를 볼 때면 많이 먹어야 하는데 너무 말랐다고 생각했다. 그럼에도 부끄러워 마음에 담긴 말을 입 밖으로 내지 못했다. 다시 그 시절로 돌아간다면, "많이 먹고 햇볕을 많이 쬐. 상주야." 하고 말해주고 싶다.

나와 민제는 약속이라도 한 듯 아들 둘의 부모가 되었다. 그 시절 친구들은 어디에서 어떠한 모습으로 살고 있을까. 지금은 소식을 전해들을 수도, 안부를 물을 수도 없다. 그래서인지 어디에서라도 무탈하게 잘 지냈으면 좋겠다는 마음이다.

늘 그늘져 있고 말수가 적어 숫기 없던 나를 안아 준 친구들에게 고마움만이 남았다. 잘 웃지 않던 내가 친구들과 함께한 그 시절 사진 속에서 활짝 핀 꽃처럼 웃고 있다. 다시 되돌릴 수 없고 돌아오지도 않을 그 시절이 몹시 그립다. 나를 친구로 받아들여 준 중학교 친구들에게 고맙다는 말을 전하지 못해 이렇게나마 글로 남겨본다. 백지 위를 검게 물들이며 혼자서 외치는 말.

친구들아, 고마워.

언젠가 지금 이 글이 친구들에게 닿을지도 모른다고 꿈꾸어본다. 생각하는 것만으로도 미소 짓는, 뭉클한, 행복한 마음으로 기적이 일어나길 바라본다. 다시 한 번 더 우리가 만날 수 있게 된다면 고맙다는 말을 꼭 전하고 싶다. 이제는 고맙다, 사랑한다는 말을 전할 수 있다.

기억과 추억은 비슷한 듯하지만, 감정에 따라 달라진다. 건조하거나 좋지 않은 감정의 한 시절은 기억이 되고, 좋았던 한 시절은 추억이 된다. 세월이 흘러도 퇴색하지 않는 추억을 만들 수 있는 건 멋진 일이다. 만남이 추억이 될 수 있도록 마음을 기울여, 서로의 맛을 음미하는 건 의미가 있다. 그렇게 나는 너의 맛을, 너는 나의 맛을 오감으로 감각하는 것이다.

17

포기하지 않고
묵묵히
지속하기

1960년대 이전에 태어난 작가님들이 쓰신 유년 시절의 글에는 가난했던 삶이 자주 등장한다. 먹고살기 힘든 시절이었다. 먹거리가 풍족한 지금도 '가난'이라는 단어는 여전히 우리 곁에 있다. 그 가난함은 굶주림이 아닌 다른 형태의 가난이다. 마음의 허기를 말한다. 위로, 힐링, 치유, 마음공부, 자존감 등 이러한 말이 주로 언급되는 이 시대에는 마음이 고픈 사람이 많은 듯하다.

마음의 허기를 알아차릴 수 있는 건, 먹고사는 게 문제없다는 뜻이기도 하다. 결혼 초 생활이 빠듯했을 때 천 원 때문에 유모차를 밀고 4시간을 걸었던 경험이 있다. 집 안에서 하루 15시간씩 컴퓨터에 매달려 일하며 하루살이처럼 살던 시절이었다. 그 당시 마음이 풍요롭지 않았다. 그러나 빠듯한 살림 걱정으로 마음을 살필 여력은 없었다.

형편이 나아지고 나서 마음을 살피는 데에는 독서와 글쓰기가 도움이 되어 주었다. 삼 년간 에세이, 소설, 시, 동화, 그림책, 각종 리뷰, 독후감 등 다양한 글쓰기를 해왔다. 그중 소설은 특별하다. 소설에 젖어 있을 땐 현실을 생각하지 않게 된다. 소설은 나만의 도피처이다.

사춘기를 겪으며 현실로부터 도망치고 싶은 날이 있었다. 그럴 때면 공상을 하거나 막연한 꿈을 꾸었다. 어른이 되어 있는 모습을 떠올리며 현실에서 멀어져 갔다. 당시 나의 눈에 비친 어른의 모습은 자유로워 보였다. 자유로움만 있으면 도피처는 필요하지 않을 거라 여겼다. 어른이 되면 학교라는 울타리에서 벗어나 저절로 인생이 반짝일 줄 알았다.

대학을 졸업하고 사회인이 되어서야, 삶이 달라지지 않는다는 걸 알았다. 자유로움도 없었다. 또 다른 학교라는 거대한 울타리인 사회가 날 기다리고 있던 것이었다. 그러나 희망의 끈을 놓지 않았다. 이리저리 치여 삶이 버거운 날에는, '성공으로 가는 과정일 거야.' 하고 버텨내었다. 반짝일 날을 기다리며 꾸역꾸역 살아왔다.

아이를 낳고 주부로 십일 년을 살다 보니 이제야 현실이 바로 보인다.

반짝이는 삶과 자유로움은 어른이 되어도 자연히 얻어지는 게 아니다. 어쩌면 평생 보통이나 그 이하의 삶과 속박에 살아야 할지도 모른다. 삶의 만족은 다 생각하기 나름이 아닐까 하는 마음에 작은 일에도 의미를 부여하기 시작했다. 이렇게라도 인생을 다르게 만들고 싶었다. 그러나 아무리 자부해도 마음의 허기는 채워지지 않았다.

마음의 허기는 다른 사람 눈에는 잘 보이지 않는 것이어서, 나를 특별하게 여겨준 몇 사람이 있었다. 가정을 꾸리고 싶은데 그러지 못한 사람, 남편의 퇴직으로 경제적 어려움을 겪는 사람, 유산의 아픔이 있는 사람, 마당 딸린 집에 살고 싶은 로망이 있는 사람, 부모님을 여읜 사람, 딸만 있는 사람 등등. 그들로부터 부럽다는 말을 들었다. 자신이 가지지 못한 걸 다른 누군가 가지고 있다는 걸 아는 순간, 보통 사람은 특별해진다. 나를 부러워하는 사람들에게 꼭 해주고 싶은 말이 있다.

"당신이 특별히 여기고 부러워하는 나의 삶에는 정작 내가 없어요."

글을 쓰며 나를 가만 들여다보던 어느 날, 왜 마음이 고픈지 짐작할 수 있었다. 내가 바라는 반짝이는 삶, 현실에서 도피하고 싶은 마음, 마음의 허기는 꿈이라는 하나의 그물망으로 묶여 있었다. 나의 꿈은 결핍에서 비롯되었다. 마음을 더 가난하게 만들지 않으려면 그 결핍을 채워야 한다. 그러기 위해 앞만 보며 달리다 지친 어느 날, 하나의 깨달음과 마주

했다. 꿈을 이루고 또 다른 꿈을 꾸지 않는 이상, 결핍을 하나하나 다 채우지 않는 이상, 마음의 허기는 끝나지 않을지도 모른다는 걸 알게 된 것이다.

꿈을 꾸는 대로 이룰 수 없고 결핍을 다 채우기란 불가능하다. 마음의 허기는 평생 주변을 맴돌다 멘탈(mental)이 약해졌을 때 안착할 것이다. 그러니 마음 돌보기를 게을리하지 말아야 한다.

꿈은 이루었을 때보다 향하는 과정에서 더 큰 만족감을 준다고 한다. 꿈을 이루어도 허기가 채워지지 않는다면, 꼭 노력해야 할까 하는 생각마저 든다. 그러나 헛헛함을 평생 끌어안고 산다고 해도 꿈은 이룰 만한 가치가 있다. 여러 개의 결핍 중 하나라도 채워지면 지금보다는 덜 마음이 고플 테니까.

삶에 내가 없다고 느끼는 이유를 스스로 잘 알고 있다. 그것은 존재를 증명할 수 없어서이다. 누군가에게 존재를 드러내고 보여주기 위해서가 아니라 나를 위해서 꿈을 이루고 싶다. 사회적인 기준이 정한 안정적인 직업, 남들이 우러러보는 명예, 부모님에게 등 떠밀려하는 일이 진정으로 원하는 것인지 생각해보아야 한다. 원하는 걸 찾기 위해 다양한 경험의 도돌이표를 수없이 찍어야 한다. 진정으로 원하는 꿈을 찾기까지 많은 길을 돌아왔다. 이 길이 아니면 저 길로 들어섰다가 벽에 부딪히기도 하고, 길을 잃기도 했다.

이처럼 꿈을 찾는 건(무언가 되고 싶은 마음) 쉽지 않은 일이다. 누군가는 나처럼 오랜 세월이 지나야 가능할지도 모른다. 어쩌면 평생 원하는 걸 찾지 못할 수도 있다. 그렇다고 해서 실망할 필요는 없다. 꼭 꿈이 있어야 하는 건 아니니까. 꿈이란, 신기루와 같아서 이루고 나면 물거품처럼 사라지기도 하는 거니까. 꿈이 없어도 괜찮지만, 꼭 기억해야 하는 것은 무언가를 지속하는 것이다.

지금의 나는 어렵게 찾은 꿈의 길목에 서 있다. 나의 꿈은 삶에 주인이 되는 것이다. 묵묵히 무언가를 하다 보면 원하는 삶에 조금씩 가까워질 것이고, 언젠가는 삶의 주인이 되는 날이 올 것이다. Never give up!

글을 쓰며 나를 가만 들여다보던 어느 날,
왜 마음이 고픈지 짐작할 수 있었다.

삶에 내가 없다고 느끼는 이유를 스스로 잘 알고 있다.
그것은 존재를 증명할 수 없어서이다.

18

관계의
시작점

2019년 삼월의 어느 날, 새 학기를 준비하는 아이처럼 그림책 수업을 시작했다. 수업을 들으며 그림책에 대한 새로운 정보를 알아갔다. 그림책은 0세부터 100세까지 아우를 수 있는 폭넓은 세계를 갖고 있다.

그림책에 부쩍 관심이 생겨서 나만의 그림책을 만들어 보고 싶었다. 그림책 수업을 들어오면서 무언가 해보고 싶은 욕구가 터져 나온 것이었다. 한편으론 내가 정말 그림을 그리고 글을 써서 책 한 권을 만들 수 있을지 자신이 없었다. 해도 후회, 안 해도 후회라면 그냥 일단 하고 보자는 마음으로 그림책 만들기 강의를 신청했다.

나만의 그림책 만들기, 강의 하루 전날 단톡방(단체 카카오톡 방의 줄임말)이 만들어졌고 수강생들이 초대되었다. 그런데 익숙한 이름이 보였다. 아이를 학교에 보내면서 가장 어려워하는 게 학부모 관계인데, 학부모가 몇 있는 것이었다.

학부모를 어려워하는 이유는 단 하나이다. 언젠가 나의 한 면만 보고 시작된 평가가 입과 입을 통해 퍼진 일이 있어서이다. 별일은 아니어서 시간이 흐르면 자연스레 잊힐 소문이었지만, 말이 돌고 돌아 빠르게 내 귀로 흘러 들어오는 걸 견딜 수 없었다. 중간에 말을 전한 사람에게 미운 감정이 생기는 걸 원치 않았다.

그 일과는 관계없지만, 학부모라는 자체가 부담스러웠다. 그림책 만들기 강의를 이끌어 주실 J 강사님과 의논해야겠다고 생각했다. "저는 학부모가 부담스러운데 어떻게 하면 좋을까요? 혹시 협동해야 하는 작업이 있을까요?" 하고 여쭈었고, J 강사님은 "그림책은 각자 한 권씩 만드는 거라 개별적으로 진행되는 수업이니 걱정하지 않으셔도 됩니다." 하고 답해 주었다. 그제야 안도감이 들었다.

그림책 만들기 강의는 사적인 이야기 반, 강의 반으로 채워졌다. 강의

첫날부터 조심해야 한다는 노파심에 언행이 부자연스러웠다. 다른 사람의 말에 적절한 반응을 하지 못했다. 다들 서로의 이야기를 꺼내 놓느라 바쁜데 나도 몇 마디 해야 하는 게 아닌가 싶은 마음에 입을 떼어보았지만, 다른 사람의 목소리에 묻혀 버렸다. 학부모들 앞에서 합죽이가 된 채 세 번의 강의에 참여했다.

수강생들과 조화를 이루지 못해 소외감이 든 날이었다. 결국 수업을 중단하고 말았다. 내가 한 집단에서 소외감을 잘 느끼는 사람이라는 걸 처음 알게 되었다. 나머지 강의 자료를 따로 받아와서 혼자 그림책을 완성해 나갔다.

종강 날 단톡방이 시끌시끌했다. 수강생들이 선물을 받은 모양이었다. 내 것도 챙겨 놓지 않았을까 하고, 내심 기대했다. 그런데 마지막 강의 자료를 받으러 갔을 때 내 손에는 아무것도 없었다. 그림책을 완성했지만, 수업을 끝까지 참여하지 않았으니 못 받는 게 당연하다 싶으면서도 챙겨줄 마음이 있었다면 따로라도 주지 않았을까 하는 생각에 소외감이 더해졌다. 선물을 받고 싶어서가 아니라 선물에 가려진 상대의 진심을 알게 되어서 슬펐다.

우여곡절 끝에 그림책 강의는 끝이 났고 손에는 그림책 한 권이 남았다. 내가 만든 그림책을 보며 앞으로는 이전 경험으로 지레 겁먹기보다, 용기를 내야겠다고 생각했다. 자연스럽게 융화되면 좋겠지만, 그러지 못할 땐 어우러질 수 있는 노력이 필요하다. 안면이 있어도 서로 잘 알지 못하고 초면인 사람이 모인 자리에서는, 적극적인 태도로 임해야 한다. 말을 많이 하지 않아도 상대방과 눈을 맞추고 이야기에 호응하며, 내가 당신에게 집중하고 있어요, 하는 모습을 보여주는 것이다. 모든 관계는 마음을 열고, 곁을 내어주는 것에서부터 시작된다.

나의 그림책 『그리운 별』의 한 페이지

19

인정받으려
하기보다
인정해주기

90년대 초반의 시골 정서는 큰 느티나무 아래가 사랑방이었다. 내가 살던 인천의 작은 어촌마을인 동춘마을엔 봄, 여름, 가을이면 느티나무 아래에 동네 사람이 모여들었다. 에어컨 없이도 살던 시절이어서 한여름 내리쬐는 따가운 볕을 막아주는 건 느티나무의 그늘로 충분했다.

어르신들은 떡, 식혜, 수박, 부침개, 삶은 계란 같은 먹거리를 나누어 먹다가 동네 꼬마가 지나가면 불러서 한입이라도 먹여주었다. 겨울엔 이

집 저 집이 사랑방이 되었다. 우리 집에 어르신들이 오면 할머니는 삶은 고구마나 찐 밤과 함께 동치미나 배추김치를 내어놓았다. 가끔 별미로 소금 간을 한 닭발이 상에 올라오기도 했다.

작은 동네라 어느 집 누구네 자식인지 속속들이 알고 지냈다. 나는 느티나무를 지날 때마다 어른들의 시선이 부끄러워 못 본 척하고 빠르게 걸었다. 그럼 누군가는 꼭 내 이름을 부르며 이쪽으로 오라고 손짓했다. 지금 생각해보면 뭐가 그리 부끄러웠나 싶지만, 숫기가 없어 발그레한 얼굴로 쭈뼛거리며 어른들 곁으로 다가섰다.

날 불러 세운 동네 어르신은 인절미를 오물거리며 씹는 나를 보고 "참 예쁘게도 생겼네. 남동생 보면 머리도 기르고 치마도 입어야지." 하고 말씀하셨다. 아직도 잊지 못할 만큼 좋은 기억으로 자리하고 있다. 그 말을 해주신 어르신을 보면 "안녕하세요." 하고 인사드렸다. 그럼 어르신은 "아유, 착하네." 하며 머리를 쓰다듬어 주셨다.

처음으로 누군가에게 인사드린 날, 처음으로 '착하다.' 하는 말을 듣게 되었다. 언니와 싸운다고, 둘째 딸로 태어났다고, 남동생을 보지 못했다는 이유로 칭찬보다는 주로 야단을 맞다가 칭찬을 받아서 참 좋았다. 그 덕에 며칠은 환한 얼굴이었다.

착하다는 말을 처음 들었던 나이가 일곱 살이었다. 그해 가을, 조부모님이 그토록 소원하시던 남동생이 태어났다. 나는 계속 칭찬이 듣고 싶어서 착한 일을 찾아서 했다. 신발 정리, 할머니 일손 거들기, 언니와 싸우지 않기, 반찬 투정하지 않기, 골고루 잘 먹기 등…….

착하다는 말을 자주 듣다가 초등학생 때는 착한 아이가 되었다. 봉사상은 거의 내 차지였다. 중고교생 때는 공부 못하는 착한 학생이었다. 대학을 다닐 땐 1학년을 자퇴하고 다른 과로 재입학을 해서 동기들보다 한 살이 많았는데, 나는 그들에게 착한 언니였다. 동기들이 과제 발표를 부담스러워하면 대신 마루타를 자처하며 착한 언니가 되어갔다. 조별 활동에서 나보다 조원이 점수를 더 잘 받으면 기뻤다. 사회인이 되어서 착하다는 말은 심성이 곱다, 친절하다, 순수하다, 배려심이 많다 등의 말로 대체되었다. 이러한 말을 들을 수 있었던 건 부탁을 거절해 본 일이 없어서이다.

이렇게 살다가 아이를 낳고 전업주부가 되었다. 엄마가 되어서도 착하다는 말을 줄곧 들었다. 그러던 어느 날부터 그 말이 좋게 들리지 않았다. 착하다는 말을 들으면 들을수록 어쩐지 마음이 가난해졌다. 성인이 되어서 착하다는 말을 들으려면 내 것을 내어주어야 하는 것이었다. 시간이나 노동 같은 것 말이다. 급기야 착하다는 말이 듣기 싫었다. 해야 할 일을 미뤄 놓은 채 부탁을 먼저 들어주고 나서, 주어진 일을 해야 할 땐 몹시 피로했다.

타인에게 칭찬받고 싶은 마음이 드는 건 왜일까. 곰곰이 생각하다 인정 욕구에 가 닿았다. 인정받는 게 무조건 좋은 것일까, 인정받으려고 안간힘을 쓰려는 게 무슨 의미가 있는 걸까 하는 물음표가 나에게로 왔다. 한 번은 들어 보았을 말 중 '칭찬은 고래도 춤추게 한다.'라는 말이 있다. 고래가 춤추는 걸 보지 못해서 칭찬의(인정의) 힘이 얼마나 큰지 가늠하기 어렵지만, 인정은 자존감을 올려준다고 하니 큰 힘일 것이다.

그러나 그 크기가 아무리 커도 자신을 내어주고 그만큼 자신을 잃어가면서까지 인정받으려 하는 건 옳지 않다. 적당하다는 게 좋다는 걸 알지만, 그 선을 찾기란 어려운 일이다. 서른 중반을 넘겨서야 타인의 부탁을 거절하기 시작했다. 처음 부탁을 거절하던 날 밤새 잠을 이루지 못하고 뒤척이며 마음을 앓았다.

한 번이 어렵지 두 번은 어렵지 않았다. 거절도 반복하다 보니 익숙해졌다. 부탁을 부드럽게 거절하는 방법도 점점 익혀나갔다. 미소 띤 얼굴로 부탁을 거절할 수밖에 없는 이유를 친절하게 말하고, 스스로 해결할 수 있는 능력이 있다며 상대방을 높여주면 된다. 거절에 기분 나쁜 감정을 드러내는 사람에게는 '그건 상대방의 감정일 뿐 내 몫은 아니야.' 하고 생각하며 흔들리지 않으려고 정신을 붙든다. 그러면서 비로소 알게 된 건 인정받지 않아도 괜찮다는 사실이었다. 타인을 인정해주는 마음은 인정받는 것만큼 값지고, 인정받지 않아도 불행하지 않다.

심혈을 기울인 일이 수포가 되어도 '이만하면 잘했어.', 의도치 않게 인간관계가 꼬이면 '괜찮아. 앞으로 잘하면 돼.', 부족하고 보잘것없이 느껴지면 '이 정도면 괜찮은 사람이야.' 하고 당신과 나에게 말해주고 싶다.

긍정의 에너지는 돌고 돈다. 과학적으로 증명할 수 없지만 이 말을 믿는다. 내가 베푼 인정이 부메랑이 되어 언젠가 다시 나에게 올 것이다. 자기 비하에 빠지지 않도록 이제는 스스로 인정해 주려 한다.

※ 마을 사람들의 사랑방이었던 느티나무는 새로운 길을 내느라 현재는 존재하지 않는다.

그 크기가 아무리 커도
자신을 내어주고
그만큼 자신을 잃어가면서까지
인정받으려 하는 건 옳지 않다.

20

기꺼이
시간을 내어, 나를
사랑하기

매해 일월 첫째 주는 친구와 지인들에게 안부 인사를 건네며 들뜬 마음으로 보내곤 했었다. 올해도 어김없이 새해가 밝아 오자 친구와 지인으로부터 덕담 메시지가 도착했다.

[새해 복 많이 받아]

[행복하고 즐겁고 기쁜 일만 가득하기를]

나도 고맙다는 말로 화답했다. 그런데 예년과는 다르게 올해는 기분이 들뜨지 않았다. 오히려 차분했다. 한 차례 덕담 메시지를 보내고 나서 따뜻한 커피 한잔을 내렸다. 커피를 들고 창가 앞에 앉아서 한 모금을 마셨다. 저 멀리서 무언가 움직이는 게 보였다. 길고양이였다. 고양이를 보고 있는데 주영이와 효준이가 곁으로 왔다. 아이들은 고양이를 보고 창문에 얼굴을 가져다 댔다. 둘째 효준이가 함박웃음을 지으며 "엄마, 고양이 배고파서 왔대? 우리가 밥 줄까?" 하고 말했다.

그러더니 주방에서 과자 한 봉지를 들고 왔다. 고양이 밥으로 주자는 것이었다. 나는 효준이에게 과자를 주면 안 된다고 했다. 시무룩해진 아이를 보니 마음이 좋지 않았다. 대신 고양이 사료를 인터넷으로 주문하겠다며 핸드폰을 꺼내 들었다.

처음 보는 고양이 사료는 종류가 많았다. 어떤 걸 사야 할지 몰라 '길고양이 사료'라고 다시 검색했다. 최소 10kg 이상 사료가 주로 검색되는 걸 보니, 길고양이 사료는 보통 대용량인 듯했다. 그중 '길고양이 영양 가득 캣맘'이라는 문구가 눈에 띄었다. 20kg에 5만 5천 원이었다. 가성비가 좋다는 후기가 많았다. 그래, 이거다.

삼 일이 지나고 고양이 사료가 집으로 배달되었다. 양푼에 사료를 담아 마당 울타리 쪽에 내어놓았다. 한 시간 남짓 지났을까, 사료를 먹고 갔는지 궁금해서 마당으로 나가보았더니 깨끗하게 비어 있었다. 사료를 더 많이 담아 마당에 내어놓고 집으로 들어왔다.

다음 날도 길고양이가 오더니 일 년째 우리 집 마당에는 열 마리가 넘는 고양이가 오가고 있다. 20kg짜리 사료는 이 주면 끝이 난다. 고양이가 다 똑같이 생긴 것 같아 구별하기 어려웠는데 지금은 생김새를 알아볼 수 있게 되었다. 처음엔 나만 보면 도망가느라 정신없더니 이제는 어느새 뒤를 따라오기도 한다.

코로나19 발병 후 주영이와 효준이는 물고기, 강아지, 햄스터, 거북이, 고양이 등의 동물을 키우고 싶어 했다. 아마 코로나로 친구를 만나지 못해서 친구가 필요하지 않았나 싶다. 그럴 때마다 아이들에게 "너희들 키우는 것도 힘든데 다른 동물은 못 키워. 엄마는 식물도 키울 수가 없어." 하고 말해왔다.

코로나 시대에 살다 보니 인간관계와 일상이 단순해졌다. 코로나로 만나지 못하고 연락만 하던 친구가 보고 싶어 눈물이 나기도 했는데, 이제는 혼자에 익숙해졌다. 나도 모르는 사이 조금씩 어딘가 변해가고 있었다. 매해 년, 1월 1일에 들뜨던 내가 새해가 아닌 날처럼 차분하고, 어떠한 것도 못 키운다고 했던 내가 고양이 밥을 주고 있다. 어딘가에서 밤을 지새울 고양이가 걱정되어 마당 한쪽에 집을 마련해 주어야겠다는 마음

도 생겼다. 사람 잘 변하지 않는다고 들었는데 꼭 그런 것만도 아니다.

　동·식물 그 어떠한 것도 못 키울 거라고 여겼던 건 못 키우는 게 아니라 마음의 여유가 없었던 것이었다. 사람을 좋아한다는 이유로 시간이 나면 밖으로 돌며 누군가와 보냈던 나는 혼자 지내는 법을 몰랐다. 육아로 정신없는 와중에도 아이들이 잠들면 단 몇 분이라도 혼자 시간을 보낼 수 있었지만, 그러지 않은 건 결국 나를 위하는 마음이 없어서였다. 전보다 조금 더 차분해지고 혼자서도 시간을 잘 보낼 수 있게 된 건 긍정의 변화이다.

　요즘 나는 종종 음악을 들으며 산책과 드라이브를 즐긴다. 그럴 때면 혼자인데 혼자가 아닌 듯한 기분이다. 그 시간 속에서, 조금씩 나와 가까워지고 있다. 앞으로도 나를 자세히 들여다보고 또 다른 모습을 알아가기 위해 기꺼이 나에게 시간을 내어주어야겠다. 나와 사이좋게 지내는 것으로, 스스로 사랑해 주고 싶다. 정우열 정신과 의사는 자신과의 사이가 좋을 때 타인과의 관계도 좋아진다고 말했다. 나를 먼저 사랑하면 언젠가 그 사랑이 타인에게로 흘러갈 날이 올 것이다.

　한 달 전, 남편과 효준이가 손을 잡고 나가 새 식구를 데리고 왔다. 나도 기쁜 마음으로 물고기 한 마리를 새 식구로 맞이했다.

21

따뜻한
말 한마디, 다정한
눈빛으로

친절하다, 착하다, 순수하다는 말을 오래전부터 들어왔다. 올해 들어, 나와 인연이 된 사람에게서 "다정하시네요." 하는 말을 자주 듣고 있다. 처음 이 말을 들었을 땐 무슨 말인지 몰랐다. 두 번, 세 번 들었을 땐 고개를 갸우뚱거렸다. 그러다 오래 알아 온 친구 K에게 "내가 다정한 사람인 것 같아?" 하고 물었다. 그는 내가 하는 말이 따뜻하고 눈빛이 다정한 것 같다고 말해주었다.

K의 말이 정말인지 긴가민가했다. 평소 말할 때 크게 신경 써서 하지

않는 편이라, 신뢰가 가지 않았다. "따뜻한 말을 할 수 있는 사람이라는 건 처음 들어 보는데. 다정한 눈빛은 또 뭐야?" 하고 다시 물었고, K는 작년하고 달라졌다고 답했다. 말투와 눈빛뿐 아니라 목소리도 달라졌다고 했다.

작년에는 상심으로 아픈 한 해였다. 연달아 세 번이나 믿었던 사람과 인연이 끊어져서였다. 십년지기 친구, 글 벗, 소울메이트와의 단절. 거기다 돈도 잃었다. 누군가에게는 푼돈일지도 모르겠지만, 나에게는 큰 액수다. 돈을 잃고 받은 충격은 시간이 지나면서 나아졌지만, 마음은 아니었다.

더는 누군가에게 진심을 주지 못할 것 같았고 아무도 만나고 싶지 않았다. 더는 상처받고 싶지 않은 마음이 된 것이었다. 친구도 몇 없지만, 보고 싶다며 연락해 오는 사람 모두를 밀어내었다.

이어오던 모임도 다 그만두었다. 글쓰기 수업과 독서 모임을 중단하고 수영도 나가지 않았다. 마트, 병원, 아이의 학원 등 생활에 필요한 곳이 아니면 집 밖을 나가지 않았다. 생활을 이어가기 위해 찾는 장소 이외에 유일하게 다닌 곳은 도서관뿐이었다. 이렇게 지내다 보니 언제인가부터 누군가와 눈이 마주치면 불편함이 느껴졌다.

멀어진 사람의 얼굴이 머릿속에서 떠나지 않을 때면 숨죽여 많이도 울었다. 우리 사이가 왜 이렇게 되었는지, 관계를 끊어내야만 하는 건지,

내가 무얼 잘못한 건지, 나는 이렇게 힘든데 상대방은 어떤 마음인지 하는 물음표를 끌어안고 길을 찾으려 했다.

아무리 생각해도 답을 알 수 없었다. 연락이라도 해볼까 싶었지만 할 수 없었다. 어떠한 말을 꺼내야 할지도 모르는데 아무 말이나 하면 안 되는 거니까. 그 사람에게서 나쁜 사람으로 남고 싶지 않은 것이었다. 자책은 자기 비하와 혐오로 이어졌다. 나를 미워하다 상대방을 미워했고 아무 상관없는 사람마저도 긍정적으로 받아들일 수 없는 지경이 되어버렸다.

이대로는 안 되겠다 싶었던 날, 병원을 찾았다. 지문검사와 상담을 통해 진단받은 결과는 우울증과 사회 불안증이었다. 타인의 눈을 마주 보는 게 불편한 것도, 낯선 장소에서 느끼는 불안과 이질감도, 사회 불안증에서 비롯된 것이라고 했다. 불행 중 다행인 건 상태가 그리 나쁘지 않다는 것이었다. 의사는 규칙적인 생활과 운동을 하라고 조언했다. 수면과 먹는 음식도 중요하다고 했다. 날 이대로 내버려 둘 수 없었다. 아이들 엄마니까 빨리 정신을 차려야 했다.

다시 수영을 등록하고 규칙적인 생활을 하기 위해 시간표를 짰다. 하루 중 육아, 살림, 운동을 제외한 모든 시간을 글쓰기와 독서에 들였다. 아직도 사람을 만나고 낯선 장소에 가는 게 쉽지 않지만 조금씩 좋아지고 있다.

작년 한 해는, 인생에서 혼자 시간을 가장 많이 가진 나날이었다. 몇 명의 친구는 집에서만 지내는 날 걱정했지만, 건설적인 시간이었다. 나의 세계를 열어 글을 쓰고 책을 통해 다른 세계를 받아들이면서 확장해 나갈 수 있었던 건, 온전히 나에게 집중할 수 있어서였다.

원하든 원하지 않든 사람과 사회와의 단절은 사람을 변하게 만든다. 좋은 쪽으로도 안 좋은 쪽으로도 변할 수 있는 것이다. 관계의 틀어짐은 있을 수 있는 일이고 영원한 관계란 없다. 상심에서 멀어지고 나니 나를 바로 볼 수 있었다. 모든 결과는 서로가 만들어낸 것이지 누구의 잘못도 아니다. 그러니 자신에게 잘못한 건 없는지 묻고, 문제를 찾을 필요는 없다.

스스로 탓하고 미워하며 나에게 다정하지 못한 날이 많았다. 온기 품은 말이 입을 통해 나오는 건 나에게 따뜻해지고 싶어서가 아닐까. 다정한 눈빛으로 바라보는 것도 나를 그러한 눈으로 바라보고 싶어서일지도 모른다.

"잘 지내셨나요?", "괜찮으세요?" 하는 말에 눈물을 글썽이는 사람이 있었다. 사회, 가정, 학교라는 공동체 안에서 우리는 서로에게 얼마나 다정했나 떠올려 본다. 날 선 말을 건네고, 싸늘한 태도로 비언어적인 무시를 전하고, 건조한 얼굴로 대하진 않았나 돌아보는 것이다.

오늘 한 사람이 나에게 비언어적인 무시를 건넸다. 미운 감정이 드는 건 자연스러운 일이지만, 그러한 마음은 빠르게 인정하고 흘려보내는 게 좋다. 부정적인 감정으로 자신을 괴롭히지 않아야 한다. 이럴 때일수록 자신의 일에 집중해야 한다. 나를 무시한 사람에게 연락이 오면 따뜻한 말을 건네주려 한다. 이것은 나에게 건네는 따스함이기도 하다.

안 그래도 이리저리 치이고 하루를 살아내기 버거운 세상이다. 곁에 머물러 있는 사람에게 따뜻한 말과 다정한 눈빛을 건네보는 건 어떨까. 서로의 마음에 온기가 스밀 수 있도록. 지금 내 손끝에서 온기를 품은 다정함이 피어나고 있다. 온기가 되어 당신에게 닿고 싶은 마음이 이 글에 담겨 있다.

곁에 머물러 있는 사람에게 따뜻한 말과 다정한 눈빛을 건네보는 건 어떨까.

서로의 마음에 온기가 스밀 수 있도록.

부러움으로부터
나를 지키는
방법

　말하지 않아도 마음을 알아주는 사람이 있다는 건 큰 행복이다. 한 부모 아래 태어난 우리는 어떠한 인연보다 특별하다. 한 살 많은 언니는 말하지 않아도 나의 마음을 잘 알아차린다. 몇 달 사이 언니에게 전화를 몇 번 걸었다. 연락이 뜸할 때는 일 년에 손꼽을 만큼 연락이 올까 말까 한 동생에게 자주 연락이 오는 게, 언니는 마음에 걸렸던 듯하다. "무슨 일 있구나? 느낌이 그래." 하고 말하는 언니의 물음에 나는 아무 일도 없다고 답했다.

사실 언니에게 전화를 건 이유는 마음이 복잡해서였다. 예전엔 마음을 힘들게 한 사람을 언니에게 이야기하며 훌훌 털어버렸었다. 그때는 나 하나 편하고자 언니의 마음이 힘들어질 거라는 걸 미처 알지 못했다. 언니도 친구, 직장, 동료 문제로 힘든 일이 있을 텐데, 나까지 보태고 싶지 않았다. 그 뒤로 힘든 일이 있을 때면 언니의 목소리를 듣는 것으로 다독이게 되었다.

우리는 웃기도 하고 한숨을 쉬기도 하면서 대화를 이어 나갔다. 언니는 나의 주 관심사인 글쓰기에 대해 말했다. "어딘가에 열정을 불태울 수 있는 네가 부러워. 나는 요즘 모든 게 미지근해. 이렇게 사는 게 맞나 싶어." 나는 그런 언니에게 "이미 이뤄 놓은 게 있어서 미지근한 게 아닐까? 나는 십 년 넘게 애만 키우다 보니 자존감이 떨어졌나 봐. 자아실현이 하고 싶어. 결핍인 거지. 그래서 글쓰기랑 독서에 매달리는 거 같아." 하고 말했다.

나는 언니에게 기분 전환 겸 바람을 쐬고 올 만한 데를 찾아보라고 했고, 언니는 올여름 휴가 때 제주도에 가서 생각을 정리하고 싶다고 했다. 2019년 가을, 언니와 처음이자 마지막으로 갔던 전주 한옥마을에서의 일을 이야기하며 "애들만 아니면 언니랑 같이 제주도에 다녀오면 좋을 텐데 몸이 자유롭지 못해서… 훌쩍 떠날 수 있는 언니가 부러워." 하고 말했다. 언니는 이런 나에게 "부럽긴 뭐가 부러워. 너는 남편도 있고 애도 둘이나 있잖아. 난 가정이 있는 네가 더 부럽다." 하고 답했다.

부러움이란, 내가 갖지 못한 걸 다른 사람이 가지고 있을 때, 내가 하지 못하는 일을 다른 사람이 가능할 때 찾아오는 감정이다. 얼마 전 음원 발표한 장기하 노래 〈부럽지가 않어〉가 인기다. 이 노래를 들을수록 '나는 네가 부럽다.' 하는 마음을 반어법으로 표현한 게 아닐까 싶은 생각이 든다. 모든 감정은 자연스럽게 찾아오기 마련이다. 부러움도 마찬가지이다. 부럽다는 감정이 드는데 어떻게 부럽지 않다고 말할 수 있을까. 만약 누군가를 부러워하면서 부럽지 않다고 말하는 건 자기 합리화에 불과할 것이다. 현재 느끼고 있는 감정과 반대되는 말로 자신을 속이지 않아야 한다. 시간이 지날수록 괴로워지는 건 결국 자신일 테니까.

매주 화요일마다 심리상담을 받으러 수원역으로 간다. 수원역 광장엔 대낮에도 노숙인들이 누워 있다. 그들 주변으로 술병이 널브러져 있는 것을 본다. 누군가는 혀를 끌끌 찰지 모르겠지만, 나는 그들을 볼 때마다 부럽다.

아이를 돌보고 살림해야 해서 술을 마시고 싶은 순간이 찾아와도 참아야 하고, 길을 걷다 아무리 다리가 아파도 길가에 앉거나 드러누워 있는 건, 다른 사람의 시선이 두려워 생각할 수조차 없다. 이러한 이유로 수원역에 있는 그들을 볼 때면 부러운 마음이 된다.

많은 걸 가져서 완벽해 보이는 사람도 가지지 못한 무언가는 있고, 한

없이 부족해 보이는 사람에게도 남들이 갖지 못한 한 가지는 있다. 완벽하고 부족하게 보일 뿐 갖고 싶은 걸 다 가지고, 하고 싶은 걸 다하며 사는 사람은 없다. 이러한 사실을 알고 나면 부러움을 조금 더 수월하게 인정할 수 있다.

부러운 감정을 인정하지 않으면 시기, 질투로 이어진다. 누군가를 미워하고, 깎아내리는 건 자신을 미워하고 깎아내리는 것과 같다. 풀어서 말하면 저 사람이 가지고 있는 걸 갖지 못한 내가 미운 것이고, 저 사람이 할 수 있는 일을 하지 못하는 나를 깎아내리는 것이다.

부러운 감정이 들면 상대방에게는 없고 나에게는 있는 그 무엇인가를 찾아본다. 스펙, 외모, 취미, 재주, 경제력, 시간 등 모든 걸 총동원해 적극적으로 찾아 나선다. 꼭 한 가지를 찾아내어 "나에게는 이런 게 있어." 하고 자부한다. 아무리 찾아보아도 상대방보다 나은 게 없다면 "완벽한 사람은 없으니까. 분명 저 사람도 갖지 못한 것과 하지 못하는 일이 있을 거야." 하고 여기며 부러운 감정을 받아들인다. 부러움을 다스리는 나만의 방법이다. 부러운 감정에 지배당해 자존감을 갉아먹지 않는 건, 나를 지키는 방법이기도 하다.

23

마음을
기댈 수 있는 심리적
안정 기지

코로나 블루로 우울하고, 코로나 레드로 분노에 찬 사람이 많다고 한다. 어느 정신과 의사는 우울할 때 찾을 수 있는 '심리적 안정 기지'가 있으면 좋다고 했다. 심리적 안정 기지가 없다면 그게 무엇인지 찾으라고 조언했다. 나의 심리적 안정 기지는 할머니이다. 할머니가 하늘의 별이 되지 않았더라면 오늘처럼 우울한 날 "우리 강아지가 왜 그럴까. 이리 온." 하고 말하며 꼭 안아주었을 텐데. 애석하게도 할머니 품에 안길 수 없다.

감정이란 늘 예고 없이 찾아와 놀라게 한다. 원인을 해결하면 우울함이 잦아들 텐데 그러지 못할 때가 있다. 해결할 수 없는 일 앞에 무력해진 채 우울한 마음을 어쩌지 못하고 잠을 청했다. 한숨 푹 자고 일어나면 기분전환이 되기도 하니 자리를 펴고 누웠는데, 잠들지 못하고 뒤척이다가 수면에 도움이 될까 싶어 술을 좀 마셨다.

적당한 알코올 섭취는 숙면에 도움이 된다. 그런데 어쩐 일인지 오늘은 알코올도 소용없었다. 음악을 들어 보았지만 신나는 멜로디는 마음과 상반되어 그런지 감흥이 없었다. 누군가의 세계로 들어가면 나아질까 해서 책을 펼쳤다. 그러나 글이 눈에 들어오지 않아 한 페이지도 마저 읽지 못하고 덮어버렸다. 언젠가 술을 마시고 이상한 글을 썼던 날 이후 맨 정신이 아니라면 글은 쓰지 말아야겠다고 생각한 날이 있었다.

이상한 글을 쓰더라도 이 순간만큼은 울적한 마음을 달래는 게 우선이어서 컴퓨터 앞에 앉았다. 한 편의 글에 나를 온전히 담아낼 수는 없지만, 글에는 나의 일부가 있다. 글을 쓸 때면 누군가와 말하는 듯하다. 글쓰기는 나와 나누는 대화이기도 하다.

글을 쓰지 않던 삼 년 전에는 울적함을 친구에게 기대곤 했었다. 친구에게 나의 감정을 말하고 나면 괜찮다가도 혼자가 되면 다시 우울해졌다. 그러니까 우울함을 잠시 마음 어딘가에 밀어놓은 것이었다. 울적함을 글로 풀어놓아도 우울한 감정이 바로 사라지지는 않지만 누그러드는 효과가 있다.

글을 쓰기 시작한 지 이 년째 되던 해, 육 개월간 글을 쓰며 우는 게 일상이었다. 그간 눌러 놓았던 설움을 배설물처럼 토해내었다. 진이 빠질 때까지 울고 기력을 다해야지만 잠을 잘 수 있었다.

삶에서 절대 잊을 수 없는 아픔을 반복해 썼다. 그러다 눈물을 짜지 않고서는 마주할 수 없던 일을 눈물 없이도 쓸 수 있게 되었다. 글쓰기에 담긴 치유의 힘이었다. 처음 한두 번은 아픔을 글로 쓰고 나서 "글쓰기에 무슨 치유의 힘이 있어, 거짓말."이라며 배신감에 젖기도 했었다. 시간이 지나서야 오해라는 걸 알았다. 글쓰기로 치유하기를 원한다면, 그 일을 담담하게 쓸 수 있을 때까지 반복해 쓰며 과거와 마주해야 한다. 글쓰기로 치유되지 않은 과거가 있다면, 아직 덜 써서일 것이다.

인간은 저마다 다르다. 이처럼 우울함도 누구나 느끼는 감정이지만 사람에 따라 정도의 차이가 있다. 우울함이 극에 달하면 아무것도 할 수 없게 된다. 잠을 청하고, 술을 마시고, 책을 읽고, 음악을 듣고, 글을 쓸 수 없는 상태가 되어버린다. 무기력해질 정도로 우울하다면 우울증일 가능성이 있으니 병원을 찾아야 한다.

일 년 전, 00 크리닉을 찾았던 날이었다. 우울함이 한동안 이어져서 침대에서 일어날 수 없었다. 상담을 받고 싶었는데 의사는 약을 먼저 권했다. 병원을 잘못 찾아온 듯해 다른 병원을 가보았다. 몇 군데를 가보아도 상담 시간은 최대 20분이었고 하나같이 약을 권했다. 그때는 약을 먹지 않으면 안 되는 상태라고 여겨 전문가의 말을 들었다. 시간이 지나고 나서 알게 된 건 대개 우리나라의 정신과는 상담을 통해 마음을 치료하기보다 약을 먼저 권한다는 사실이다.

지인에게 소개받은 병원이 있다. 거리가 멀어서 가지 못하지만, 그곳은 가능하면 약 처방보다 상담을 우선으로 한다. 이러한 병원은 마음 치료에 도움이 된다. 약에 기대는 건 잠시일 뿐 해결책이 아니다.

일 년 가까이 약을 먹다가 서서히 줄여가며 심리상담을 받기 시작했다. 심리상담 선생님은 솔루션을 제시하지 않으신다. 그저 나의 말을 경청해 주신다. 이렇게 마음을 꺼내 놓는 건 꽤 긍정적인 효과가 있다. 친구에게 마음을 털어놓는 것과는 다르다. 전문가의 경청에는 '당신의 마음을 알아요. 당신이 옳아요.' 하는 무언의 시그널이 있다.

심리상담 선생님께 말하듯 글에 나의 마음을 기대어 본다. 글에도 사람처럼 생명이 있다고 여긴다. 부정적인 감정을 기댈 때는 사람보다 글이 더 나을 때가 있다. 사람은 타인으로부터 영향을 받는 존재라서 감정의 전이가 일어나지만, 글은 그렇지 않다. 오히려 글을 쓰면서 감정과 조금씩 분리되어, 객관적으로 바라볼 수 있는 시각이 생긴다.

지금 쓰고 있는 글에 왜 우울한 마음이 되었는지 구구절절 쓰지 않았음에도 울적함이 한 템포 잦아들었다. 글쓰기가 할머니의 자리를 온전히 대신할 수는 없지만, 나만의 심리적 안정 기지의 역할을 하고 있다.

아무리 같은 말을 반복해도 나무랄 사람 없고, 나의 마음을 기대려 상대의 마음을 듣게 되는 일도 없고, 괜히 말했다는 후회도 들지 않고, 무거운 감정을 기대어도 상대의 에너지를 빼앗지 않는 안전한 곳이 글쓰기이다.

정도의 차이는 있지만, 우울감이 없는 사람은 없다. 그러니 마음을 기댈 수 있는 심리적 안정 기지는 꼭 필요하다. 마음에 평안을 가져다준다면 사람, 장소, 사물 그 무엇이든 상관없다. 속마음을 꺼내어 놓아도 뒷일을 걱정하지 않을 수 있는 걸 추천한다.

정도의 차이는 있지만, 우울감이 없는 사람은 없다.

24

위로는
기다림이다

자주 울던 나의 모습은 세월이 흘러도 쉬이 잊히지 않는다. 초등 고학년 때였다. 한번 울음이 터지면 오래 울었다. 팔짝팔짝 뛰며 슬픔을 온몸으로 쏟아내었다. 아무도 관심 가져 주지 않으면 슬픔은 계속 불어났다.

서울에서 일하는 어머니는 나의 슬픔을 알지 못했다. 울음소리에 견디지 못한 할머니가 밖으로 나가면, 마음을 알아달라는 듯이 더 목청을 높였다. 한참 뒤에도 울음이 계속되면 따가운 말을 듣기도 했다. 그럴 때면 다친 마음에 생채기가 더해진 듯한 기분이었다.

청소년이 되어서는 집 끄트머리 방에서 자주 훌쩍였다. 연로하신 할머니는 자기 몸보다 두 배는 커버린 손녀가 답답하셨는지도 모른다. 언젠가는 미닫이문을 열고, 말하지 않으면 모르지 않느냐며 우는 이유를 물으셨다. 대답 없이 울고만 있으면 할머니는 깊은 한숨을 쉬며 돌아섰다. 할머니의 굽은 등에 더 눈물이 났다.

학창 시절엔 내성적이어서 친구가 몇 없었다. 왜 그랬는지 모르겠지만 몇 없는 친구에게마저도 감정을 숨겼다. 단 한 번도 친구 앞에서 눈물을 보이지 않았다. 스무 살이 되어서 눈물을 보인다는 게 부끄러웠다. 차오르는 눈물을 삼키다 새벽녘 수건에 얼굴을 묻곤 했었다. 다음 날 부어오른 눈을 얼음으로 찜질하고 아무 일 없었다는 듯 웃어 보였다. 어른이라면 그래야 한다는 듯이. 어른스럽게 보이려고 몹시 애쓰며 살았던 시절이었다.

유치원 교사가 되기 위해 공부하던 때 아이의 감정에 어떻게 반응해 줘야 하는지 배웠지만, 위로는 이론으로 배워지는 게 아니었다. 교육 현장에서 시행착오를 겪으며 위로를 건네는 법을 알아갔다. 미취학 아이의 슬픔과 속상한 마음을 헤아려 주는 효과적인 방법은 특별하지 않았다. "우리 ○○가 마음이 아프구나, 속상하구나, 슬프구나." 하는 말을 건네며 등을 다독이거나 안아주면 된다. 그럼 아이의 울음소리가 점점 잦아든다.

신기한 일은 울음을 그치고 나서다. 왜 울었는지 묻지 않아도 시간이 지나면, 쪼르르 달려와 이유를 재잘거린다. 마음을 받아주는 일이 쌓일수록 아이는 나를 더 잘 따랐다. 그 밑바탕에는 믿음이 있었다. 마음을 알아주는 사람에 대한 신뢰를 말한다. 아이는 선생님을 안전한 사람이라고 인지했을 것이다. 언제고 다시 마음을 기대어도 될 만한 사람이라고 말이다.

서른 초반만 해도 힘든 감정을 누군가에게 기대려 했었다. 가끔은 괜찮지만 반복될수록 감정의 전이가 일어났다. 상대방이 부담을 느낀다는 걸 알고 나서야, 내가 느낀 감정은 나의 몫이라고 여기며 자위하는 방법을 택했다.

신나는 노래를 듣거나 재밌는 책을 읽거나 마음을 글로 쓰며 다독였다. 그러나 슬픔에는 무게가 있어서 어떠한 슬픔은 노래, 책, 글쓰기로 위로가 되지 않는다. 이럴 땐 슬픈 감정을 눈물에 담아 보낸다. 후련해질 때까지 한바탕 눈물 바람을 하는 것이다. 그럼 회색이던 마음이 조금씩 옅어진다. 스스로 마음을 다독이는 건 쉬운 일이 아니지만 익숙해져 가는 중이다.

나에게 자위보다 어려운 건 누군가를 위로하는 일이다. 갑작스러운 고백에 어떻게 해야 할지 몰라 무슨 말이라도 해야 한다는 생각에, 어쭙잖은 말을 여러 번 건네기도 했었다. 위로가 필요한 사람의 마음을 더 아프게 하는 실수를 본의 아니게 많이도 했다. 상대방에게 건네는 위로라고 여겼던 것이었다.

위로한다고 건넨 나의 말에 마음을 다친 사람을 잃고 나서야 방법이 잘못되었다는 걸 알았다. 위로에 관한 책을 읽고 유튜브를 찾아보았다. 그러면서 유치원 교사였던 시절이 떠올랐다. 하루에도 몇 번씩 아이를 위로해주던 나의 모습 속에 답이 있었다. 누군가를 위로하는 건 나이와 상관없는 것이었다.

위로는 상대방의 눈물이 잦아들 때까지 곁에서 기다려 주는 것만으로도 충분하다. 비언어로 위로를 건네는 것도 괜찮다. 손을 잡아주고, 등을 어루만져 주고, 포근히 감싸주고, 티슈로 눈물을 닦아 주는 것이다.

나는 아이에게도 같은 방식으로 대한다. 첫째가 울면서 방문을 쾅 닫아 버리면 살며시 노크해 보고, 반응이 없으면 감정을 추스르고 나올 때까지 기다려 준다. 아이가 문을 열고 나오면, 마음을 읽어주고 꼭 안아준다.

스스로 감정을 추슬러보고 누군가 자신을 기다리고 있었다는 걸 경험한 아이는 지금보다 더 단단해질 것이다. 이러한 시간이 더해질수록 아이는 무슨 일을 겪든 잘 헤쳐 나가리라 믿는다.

위로받고 싶은 누군가의 마음이 찾아오면, 나는 한쪽 어깨를 내어준다. 울고 싶은 만큼 눈물을 토해낼 때까지, 하고 싶은 말을 실컷 할 수 있도록 귀 기울이며, 그저 기다린다.

25

좋은
관계를 만들어주는,
진심

사람을 만나는 데에는 많은 에너지가 필요하다. 누군가를 만나고 난 뒤에 혼자만의 시간을 갖고 싶은 이유이기도 하다. 에너지를 쓴 만큼 채워야 한다. 내일을 잘 살려면 재충전이 필요한 거니까. 마음이 맞지 않은 사람에게는 체력뿐 아니라 정신적인 에너지가 많이 들어간다. 이럴 땐 즐겁지 않다.

특히, 많은 사람과 만나야 하는 자리에서 여러 사람의 마음을 맞춘다는 건 어렵다. 마음을 맞추지 않아도 되지만, 왜인지 '진심'이라는 단어가 따라다닌다. 내가 진심으로 사람을 대하고 있나 하는 생각이 들면 스스로가 빈껍데기처럼 느껴지기도 한다. 사람은 상대적이어서 상대방도 나와 비슷한 감정을 느낄 것이다. 이러한 만남에서는 긍정적인 에너지를 주고받지 못한다.

누군가와의 만남 뒤에 서로에게 좋은 감정이 남았으면 하는 바람이 있다. 그래서 최선을 다해 상대방의 목소리에 귀 기울이는 것으로 마음을 더하게 된다. 아무 생각이나 노력 없이 만날 수도 있지만, 시간을 내어준 사람에게 일정의 노력을 들이는 건 예의이다.

상대방에게 집중하려면 다수보다 소수일 때가 더 수월하다. 언제인가부터 다수의 사람을 만나기보다 소수와의 만남을 선호하게 되었다. 한자리에 모이는 사람의 수가 다섯이 넘어가면 만날지 말지 고민하게 된다.

몇 달 전, 다섯 명이 넘는 사람과 만나고 나서 관계가 틀어지는 일이 있었다. 누군가는 나의 언행이 불편하다고 했고, 누군가는 시기와 질투를 조심하라고 했다. 정확히 그 말뜻을 이해하지 못했지만, 나로 인해 불편함을 느꼈다고 하니 죄송하다는 말을 전했다.

정작 당사자들은 아무렇지 않은데 제삼자가 불편함을 느낀 상황이었다. 그 후 이날 만났던 사람을 대할 때면 괜히 눈치가 보였다. 마음을 졸이다 보니 불필요한 곳까지 조심성을 부여하게 된 것이었다. 긴장감과 부담감은 좋은 관계로 나아갈 수 없게 한다. 그때도, 지금도, 여전히 그 사람을 좋아하지만, 결국 자의적으로 일 년간 이어온 인연과 조용히 멀어졌다.

이틀 전, 나를 포함해 열한 명의 사람이 모이는 공적인 자리에 초대되었다. 한 분을 제외한 다른 모든 사람과는 초면이었다. SNS상으로도 라포 형성이 된 사이가 아니어서 그 자리에 참석해야 하는지 고민했다. 시간이 된다고 해도 선뜻 나갈 수 있는 자리가 아니었지만, 참석하기로 했다. 앞으로 하고자 하는 일을 먼저 해본 분들의 모임이어서 가고 싶은 마음이 컸다.

이전에 겪었던 좋지 않은 경험은 같은 일을 반복하는 걸 어렵게 만든다. 한 번의 모임 이후 멀어진 얼굴이 떠올라 쉬운 결정은 아니었다. 나의 모델링이 되어줄 분을 만나는 자리만을 생각했다. 그러니까 이익 관계를 따지고 나서야 나갈 수 있던 것이었다. 지난번처럼 관계를 그르치면 어쩌나 걱정되었지만, 다시 한 번 더 나와 상대방을 믿어보기로 했다.

새로운 사람과 인연을 맺을 때면 설렘이 먼저였는데, 이제는 걱정부터 앞선다. 걱정한다고 해서 달라지는 건 아무것도 없다는 걸 안다. 그럼에도 노파심이 드는 걸 어쩌나. 자꾸만 찾아오는 염려를 떨쳐내려 지하철로 이동하는 동안 책을 읽고 음악을 들었다. 조금은 차분해진 마음으로 약속 장소로 향했다. 우리는 커피 - 밥 - 커피를 마시며 하루 반나절을 함께했다. 세 시간이 지나면 체력이 떨어지면서 피로해지는데 이날은 달랐다. 시간이 갈수록 에너지가 채워지는 기분이었다.

실수를 덮어줄 수 있는 너그러움, 당신의 말에 귀 기울이고 있다는 비언어의 몸짓, 누군가의 수줍은 고백, 부끄러움을 견디며 마음을 내어준 공감이 그곳에 있었다. 그 마음이 느껴질 때면 절로 미소가 지어지고 웃음이 터져 나왔다. 몇 달 동안 웃어야 할 양을 다 웃은 듯했다. 올해 들어 가장 많이 웃은 날이었다.

우리는 앞으로의 미래를 그렸다. 그런데 신기한 일이었다. 내가 더는 하고 싶지 않은 일을 누군가 말한 순간, 그 일을 해야겠다고 마음이 돌아섰다. 이러한 사람들과 무엇을 해도 즐겁지 않을까 하는 생각에서 비롯된 변심. 즐거움이 가져다준 선물이었다.

나를 모임에 초대해준 분은 다음에 만날 땐 오늘보다 더 서로에게 좋은 영향을 줄 수 있도록 무언가를 준비해 보겠다고 했다. 나도 도움을 드릴 수 있는 게 있을지 찾아보아야겠다고 생각했다. 우리는 다음 만남을 기약했다. 으레 인사치레로 하는 빈말은 아니었다. 모두가 진심으로 원하고 있었다. 다음에 만날 날짜와 시간을 정하고 아쉬운 마음을 뒤로했다.

초면인 사람들과 하루 반나절을 보내면서 이렇게나 즐거울 수 있다는 사실이 놀라웠다. 행복함과 기쁨의 감정은 찰나의 순간에 찾아오고 곧 사라지지만, 즐거움은 오래 유지된다. 우리가 함께한 즐거웠던 시간은 추억으로 남고, 언제든 떠올리면 입가에 미소가 지어질 것이다.

집으로 돌아오는 길에 카카오톡 메시지가 쌓여 있었다. 오늘 만난 사람 모두 하나같이 좋았다는 후기를 올려주었다. 한 사람도 빠짐없이 같은 마음이었다니 뭉클했다. 어느 분의 메시지에 눈시울이 붉어지기도 했다.

[아직도 꿈같은 기분...
후기를 뭐라 쓸지...
어떤 단어를 쓸지...
계속 생각만 하고 있었어요.]

서로 에너지를 채워줄 수 있는 인연을 만난다는 건 쉬운 일이 아니다. 좋은 인연이 될 수 있었던 건 서로에게 진심이어서였다. 그 자리에 있던 모두가 서로에게 마음을 더하고 있던 것이었다. 목표를 이루기 전까지 새로운 일은 벌이지 않겠다고 마음먹었는데, 귀한 인연을 만났으니 함께 새로운 일을 시작하려 한다. 어디에서도 만날 수 없는 인연, 그 소중함을 받드는 마음은 기꺼이 무언가를 시작하게 만들고야 만다. 진심이란, 눈에 보이지 않아서 확인할 수 없다. 그저 직감과 육감으로 감각하는 것만이 가능하다. 내가 느낀 진심을 상대방도 느꼈을 것이다.

서로의 진심이 만들어낸 즐거움은 새로운 시작을 꿈꾸게 해 주었다. 다음번 만남에도 거짓 없이, 온 마음을 다하고 싶다. 에너지를 들여도 본전 생각은 나지 않을 듯하다. 비어 있는 나의 에너지 창고를 누군가의 마음이 다시 채워줄 테니까. 그 에너지는 혼자만의 시간을 가지며 재충전한 것보다 클 것이다. 에너지를 채워줄 수 있는 인연을 만들어나가는 건 진심으로 마음을 더하는 노력에서부터 시작된다.

26

남성
공포라는
트라우마

2021년 가을의 어느 날이었다. Zoom으로 소설 수업을 들었고 준우와
인연이 되었다. 그는 늘 밝게 웃었고 수업에 적극적이었으며 사랑이 많
았다. 그와 알고 지낸 지 9개월째이지만 한 번도 그늘진 얼굴을 보지 못
했다.

　누구나 아픔과 상처는 있고 고민도 있다. 준우에게도 내가 알지 못하
는 어려움이 있을 것이다. 그의 밝은 모습을 보며, 그늘을 숨기려는 건
가, 하고 생각하던 날도 있었다. 인연을 이어오며, 그늘을 숨기려는 게

아니라는 걸 알게 되었다. 어떠한 상황에서도 긍정적으로 사고하려는 것이었다.

준우는 사랑한다는 말을 곧잘 한다. 내가 남자에게 사랑한다고 말해본 건 단 두 명뿐이다. 한 사람은 남편이고, 다른 한 사람은 에세이를 가르쳐 주신 글쓰기 선생님이다. 글쓰기 선생님께 그러한 말을 전한 건 존경과 감사의 의미를 담아서였다. 몇 달간 이어온 수업이 종강하는 날 혹은 스승의 날처럼 특별한 날에는 수강생들이 '사랑합니다.' 하는 문장을 적은 종이와 함께 선물을 하기도 하니 이상한 일은 아니다.

남편이 아닌 남자에게 사랑한다는 말을 가끔 듣지만, 그건 나의 글을 읽어주는 독자가 전하는 고마움의 뜻이다. 독자도 아니고, 친구도 아니고, 그렇다고 글을 가르쳐 주신 선생님도 아닌, 남자에게 사랑한다는 말을 들은 건 준우가 처음이었다.

함께 글을 쓰며 만난 사람이 오십 명은 족히 넘는데 이러한 애정을 보여준 사람은 아무도 없었다. 작가 지망생은 막연함을 안고 글을 쓴다. 보이지 않는 길을 향해 함께 나아가는 준우가 전한 사랑의 메시지가 그래서 더 고마웠다. 사람의 마음을 얻기란 쉬운 일이 아닌데 그는 누구에게든 자신의 곁을 잘 내어준다.

언제인가부터 나도 글을 쓸 때면 '사랑합니다.' 하는 문장을 자주 쓰게 되었다. 그건 사랑받고 싶은 마음에서 표출된 애정의 목마름이었다. 준우는 나와 다르다. 사랑을 많이 받고 자란 사람은 누군가를 사랑할 줄 안다. 사랑, 행복, 감사와 같은 감정이 충만한 준우는 그 마음을 타인과 나눌 줄 아는 그런 사람이다.

소설 수업 마지막 날, 준우와 나는 나란히 우등상을 받았다. 글쓰기의 고충과 고민을 나누었던 날, 우리는 서로를 자주 바라보았다. 그 시선에서 이상한 기류는 느끼지 못했다. 문우 그 이상도 이하도 아닌, 우리 사이에는 적정선이 존재했다.

학창 시절 사적인 남자 친구는 없었다. 요즘 말로 하는 남사친(남자 사람 친구의 줄임말) 말이다. 대학에 들어가서도 연애를 하면 했지, 남사친은 만들지 않았다. 남자에 대한 두려움이 있어서 누군가 친근하게 다가오면 불안감부터 들었다.

어린 나에게 닿은 동네 할아버지의 나쁜 손, 아르바이트를 했던 곳의 관계자가 대중교통이 닿지 않는 산중에서 어둠으로 몰아넣었던 날, 성인이 되어서 사귄 애인에게 받았던 마른하늘의 번개는 남성 공포로 자리했다. 이들은 나에게 다정하고 친절했다. 지나고 보니 과한 친절과 다정함이었다.

그 후로 제대로 된 연애를 하지 못했다. 결혼할 게 아니라면 무슨 짓을 할지 모른다는 생각에, 관심을 보이고 다가오는 남자에게 철벽을 쳤다. 모든 남자가 다 나쁘지 않다는 걸 알면서도, 부정적인 시각으로 개별성을 존중하지 못했다.

서른여덟에 작가라는 새로운 꿈을 꾸고 있다. 자아실현을 하게 되면 사회에서 만나는 남성이 한둘이 아닐 텐데 하는 생각은 트라우마를 극복해야 한다고 부추겼다. 남성 공포를 이겨내지 못하는 건 오래된 콤플렉스이기도 하다. 이제 더는 망설이지 말자고, 마흔이 되기 전에 꼭 여기에서 벗어나자고 다짐했다. 그러나 사실 극복이 될지 미지수였다. 그러던 중, 이제라도 성별이 다른 친구를 사귀어보면 어떨까, 하는 생각이 들었다. 관계를 잘 유지하지 못해 사람만 잃고 남는 게 없으면 어쩌나 싶어 망설이기도 했지만, 용기를 내었다.

꿈을 위해서 언젠가 사회로 나아갈 준비라고 여기며 한번 해보자 하는 마음이었다. 그 당시 나에게 가장 가까이 있던 준우가 떠올랐다. 어느 날 나는 준우에게 "우리가 친구가 될 수 있을까?" 하고 메시지를 보냈고, 그는 망설임 없이 오케이 모양의 손가락 이모티콘으로 답했다. 이렇게 우리는 친구가 되었다.

준우와 가까워지고 나서 부끄러움을 딛고 고백했다. 남자에 대해 안 좋은 기억이 있어서 남자가 무섭다고 말했다. 그는 "많이 힘들었겠다. 나쁜 놈들이네." 하고 씩씩거렸다. 나 대신 화를 내주는 듯해 고마웠다. 그와 어쩌다 한번 만나는 날에는 학창 시절 친구와 떡볶이를 앞에 두고 먹을 때처럼 시시콜콜한 수다로 웃음꽃을 피운다.

언젠가 준우와 술잔을 기울이기로 한 날이었다. 먼저 도착한 그는 김

치찌개를 시켜놓았다. 내가 자리에 앉자 "파스타를 먹어야 하나 고민했는데 그냥 여기로 정했어. 내가 제일 좋아하는 곳이야. 가성비가 좋아서 혼자 술 마시기에도 좋아. 여기 괜찮아?" 하고 그가 물었다. 나는 "야, 여기 너무 좋은데? 파스타는 무슨! 나 이런 데 좋아해. 친구끼리는 이런 분위기가 최고야." 하고 말하며 웃었다.

준우와 만난 가게는 식사와 술을 함께 파는 아담한 곳이었다. 우리는 소주 세 병을 비우고 비틀비틀 걸어 지하철역으로 향했다. 그는 걸음을 멈추고 "저기 봐. 엄청 높지? 와, 여기 내가 어릴 때부터 다니던 곳이다." 하고 말했다.

준우가 보라는 건 롯데월드타워였다. 목이 꺾일 정도로 고개를 들어 올려다보아야 하는 그 어마어마한 높이를 함께 바라보며, 딱히 웃긴 일도 없는데 술에 취해 서로의 어깨를 밀치고 깔깔거렸다. 몇 걸음 뒤에 갈림길이 나왔다. 그는 손가락으로 방향을 가리키더니 이쪽으로 간다며 멀어져 갔다.

집으로 향하는 준우의 뒷모습을 보며, '그래, 사심 없는 친구란 바로 이런 거지! 자신이 가야 할 길이 나오면 뒤도 안 돌아보고 가는 게 맞지.' 하는 생각에 피식 웃음이 났다. 그날 그가 지하철역 앞까지라도 바래다주었다면 우리의 우정은 정리되었을지도 모른다.

준우와 함께하는 시간이 쌓여 갈수록 남자에 대한 시각도 조금씩 달라져 갔다. 과하게 다정하거나 친절하지 않고 글로 맺어진 친구 딱 거기까지 적정선을 유지해주는 준우 덕분에 소설 수업을 함께한 다른 남자 수강생들을 삐딱한 시선으로 바라보지 않을 수 있었다. 『너라는 위안』의 저자 서민재 작가님, 이강학 님, 권혁인 님을 문우로 기쁘게 맞이할 수 있었다.

영원한 인연이란 없듯이 언젠가 우리에게도 관계의 마침표가 찾아올지도 모른다. 마침표가 되었든 쉼표가 되었든 그건 알 수 없는 미래의 이야기니 접어두기로 한다. 지금처럼 서로에게 환한 얼굴로 과하지 않은 사랑, 다정함, 따스함을 전하며 지내면 되는 것이다. 너는 너의 세계에서, 나는 나의 세계에서 꿈의 날개를 펼치는 것이다. 준우를 만날 때면 나는 학창 시절로 돌아가 수다쟁이 소녀가 된다.

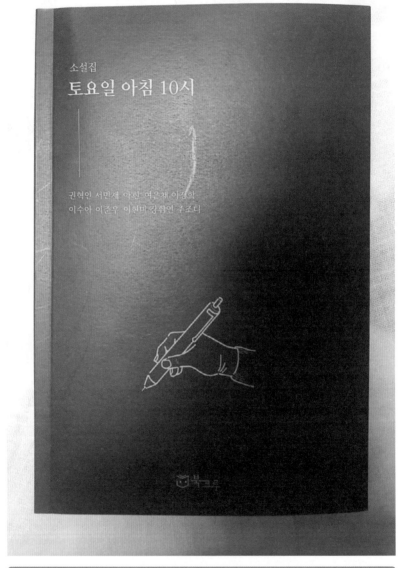

준우, 문우와 함께 쓴 소설집 『토요일 아침 10시』, 북크루

　외로움을 마주하는 자세

27

작은 점이 모여
큰 행복의 선을
만들 때까지

사회인이 되어서 건조하고 단순한 하루가 이어지던 어느 날, 즐거움을 찾아 나섰다. 음주, 쇼핑, 클럽 등 대부분 돈이 들어가는 일에 즐거움을 느꼈다.

즐거움에 익숙해지면 더 큰 즐거움을 원했고, 어느 날부터 쾌락이라는 감정이 들어야지만 행복했다. 그러다 예기치 않게 반복되는 불행을 겪으며 급격히 달라졌다. 행복은 어쩌면 무사 무탈한 하루일지도 모른다고 여기게 된 것이다.

행복하게 살고 싶다는 말을 입에 달고 살던 시절도 있었다. '남들은 행복해 보이는데 나만 왜 이렇게 불행하지.' 하면서 행복 찾기를 했다. 즐거움, 재미, 감동이 있을 땐 행복했지만, 오래가지 않았다. 행복도 찰나에 느끼는 감정이라서 휘발성이 강한지도 모른다. 가만히 지난날을 돌아보니 행복을 다른 감정과 연결 짓는 나를 발견했다.

행복이란, 답이 없는 거라 여기며 서른을 넘겼다. 아이를 낳고 키우며 일상의 작은 조각에서 행복을 느끼기 시작했다. 아이가 칭얼대지 않고 밤잠을 자줄 때, 이유식을 남기지 않을 때, 설거지할 동안 잘 놀아줄 때 등등.

대부분 나의 행복은 아이에게 맞추어져 있었다. 내 안에서 만들어진 행복이 아니어서인지, 아이의 기분 변화에 따라 들쭉날쭉이었다.

서른 후반이 된 지금은, 누군가와 함께 맛있는 음식을 먹으며 대화할 때, 먹고 싶은 음식을 마음 편히 먹을 수 있을 때, 아무런 방해 없이 글을 쓸 수 있을 때, 오늘 해야 할 일을 다 마치고 나서 맥주 한 캔을 마실 때, 행복을 느낀다.

나만의 소소하고 확실한 행복이다. 특히, 노동 뒤에 마시는 맥주는 정말 맛이 좋다. 행복은 크게 한 번에 밀려오는 감정이 아니었다. 잔잔하게 치는 물결처럼 작은 행복이 이어지는 건, 오늘의 하루를 버티게 하는 힘이 되어주었다.

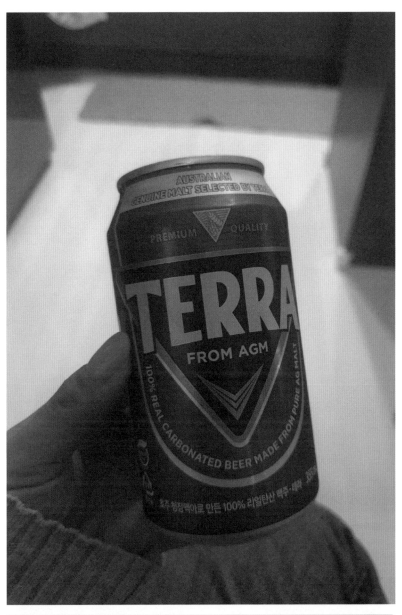

일을 끝낸 뒤 맥주 한 캔. 소확행

언젠가 방영된 프로그램, 〈알쓸신잡〉에서 한국이 급속도로 성장할 수 있었던 배경에 대해 들었다. 타국인보다 경쟁심과 욕심이 많아서 급성장을 이뤄낼 수 있었다고 한다. 경쟁심과 욕심 많은 사람이 만들어낸 사회에서 행복을 느끼기란 참 어려운 일이라고 덧붙여 말했다.

JYP 연예기획사의 대표이자 가수인 박진영은 꿈을 이루고 나서 허탈감에 빠졌다고 한다. 하나만 보고 달리다 성취했을 때 만족감이 들었지만, 오래가지 않았다고 한다. 만족감이 사라진 자리를 채울 수 있는 게 없어 허탈감이 든 것이었다. 꿈을 이루고 돈을 많이 벌면 행복할 것 같은데 모든 걸 이뤄본 사람이 하는 말에는 공통점이 있었다. 그것은 바로 행복의 결여이다. 뜻한 바를 이루고 원하는 걸 가져도 행복하지 않다고 하는 사람들을 보며, 불행해지지 않으려고 목표를 향하고 돈을 모으는지도 모른다고 생각했다.

행복을 느끼는 지점은 저마다 다를 것이다. 목표를 이룬 후 신기루처럼 사라지는 것이 행복이라면, 언제 행복한지 자신을 잘 관찰하고 점선 잇기를 하듯 행복을 촘촘히 찍어야 한다. 아주대 교수이자 심리학 박사 김경일 교수님 말씀에 의하면, 지난날을 돌아보며, '아, 그때 참 행복했었지.' 하고 여기게 되는 건 작은 행복의 빈도로 결정된다고 한다. 작은 점이 모여 큰 행복의 선을 만들 때까지 이어가다 보면, 어제보다 나은 오늘을 맞이할 수 있을 것이다.

28

한 단계
도약할 수 있는 기로에서
보이는 본심

사전적 의미의 호감은 좋게 여기는 감정이고, 비호감은 성격이나 외모가 좋게 여겨지지 않음이다. 흔히 사용하는 단어인 호감과 비호감이 감정이라는 걸 모르는 사람이 의외로 많다. 이러한 감정에 따라 받아들여지는 게 달라진다는 것도.

예를 들면, A라는 사람에게 호감을 느낄 때 A가 하는 말과 행동은 좋게 보이고, B라는 사람이 비호감일 때 B가 하는 말과 행동은 좋지 않게 보인다. A와 B가 같은 말과 행동을 하더라도 호감이냐 비호감이냐에 따라 좋게 보일 수도, 안 좋게 보일 수도 있는 것이다.

조언도 마찬가지이다. 조언은 상대방을 돕기 위해 건네는 말이라서, 그 밑바탕에는 누군가를 위하는 마음이 있다. 특이점은 누군가를 위하는 마음으로 건넨 말이 상대방의 심정을 복잡하게 만들 때가 있다는 것이다.

그러나 늘 예외는 있는 법. 평소 호감이었던 사람이 "다른 사람이면 모르겠는데 당신이니까 조언해 주는 거예요."라는 말로 운을 띄울 때, 등줄기가 서늘해지면서 거부감이 든다. 그 거부감은 순식간에 호감을 비호감으로 바꾸어 놓는다.

며칠 전 호감이 비호감으로 변해버린 순간이 있었다. 출판사를 운영하는 지인 G와 출판에 관한 이야기를 나누면서였다. 나는 G에게 책을 내기 위해 원고를 쓰고 있다고 했다. G는 어떤 책을 내고 싶은지, 무슨 원고를 쓰고 있는지 궁금해했다. 사랑, 독서, 글쓰기에 관한 원고라고 하며 산문집을 내고 싶다는 뜻을 밝혔다. "이미 초고를 써 놓은 상태인데 이게 정말 책이 될 수 있을지 알고 싶어요." 하고 G에게 말했다. 조언을 들을 수 있을 거라고 기대했는데 예상하지 못한 답이 돌아왔다. 그가 "책 안 돼요. 더 쓰지 마세요."라고 말하는 것이었다.

나는 왜 책으로 묶을 수 없느냐고 물었고, G는 "다른 사람이면 말 안 할 텐데. 수아 님이니까 조언해 주는 거예요."라고 답했다. 다른 사람에게는 안 하는 조언을 나니까 해주는 거라는, 한 번 즈음은 들어 보았을 법한 뻔한 말이었다. 선심 쓰는 듯한 뉘앙스를 풍기는 그 말을 들을 때면 번번이 도움이 되지 않았다. 와, 이렇게 진부한 말을 서른여덟에 다시 듣다니. 호감이라는 모래 위에 비호감이라는 파도가 들이치고 있었다.

G가 건넨 조언은 이러했다. 글을 잘 쓰고 내용이 좋아도 처음 출간하는 예비 작가의 책을 내주려는 출판사는 없다는 것이다. 게다가 에세이 신간이 많이 쏟아져서 경쟁력이 없다고 덧붙였다. 현실적인 말이지만 이게 조언인지 분간이 가지 않았다.

"소설 써 놓은 게 있는데 책 한 권 분량은 될 거예요. 에세이가 포화 상태라면 소설은 어떨까요?" 하고 내가 말했고, G는 "소설도 포화 상태예요. 안 돼요."라고 답했다. 온갖 장르를 언급해 보아도 G는 다 안 된다고만 했다. 책을 출간하는 신인 작가들이 현재도 많은데, 아예 책을 낼 수 없다고 하는 그 말이 참 씁쓸했다. 나보고 글을 쓰지 말라는 건지 다시 물었고, G는 아니라고 하며 책 쓸 생각하지 말고 글만 쓰라고 했다.

도대체 G가 무슨 말을 하는 건지 혼란스러웠다. 책을 쓰고 있는 사람에게 책 쓰지 말고 글만 쓰라니 어처구니가 없었다. 이런 걸 조언으로 받아들일 수는 없었다. 꼬박 하루를 멍하게 있다가 G의 말을 곱씹었다. G는 내가 책을 출간하는 게 싫은 건가, 평소 나를 비호감으로 여겼나, 시기 질투를 하나, 이런 생각에 어지러웠다.

이 길이 아니라고 해도 한번 가보겠노라 다짐한 사람에게 아무런 설명 없이 "가봤자예요."라는 조언은 사기만 꺾을 뿐 도움이 되지 않는다. 힘든 길을 선택한 사람일수록 부정적인 말보다는 긍정적인 말을 해주어야 한다. 상대방도 힘든 길이라는 걸 알고 선택한 것이니, 응원과 격려가 희망 고문만은 아닐 것이다.

나 역시 책을 내도 삶이 크게 달라질 거라는 헛된 희망은 없다. G가 밑도 끝도 없이 무조건 안 될 거라는 말만 하는 데에도 이유가 있겠지만, 무슨 의도로 하는 말인지 알 수가 있나. 때로는 말하지 않아도 상대방의 상황이나 심정을 헤아릴 수 있다지만, 출판에 관해 아는 게 하나도 없는 나로선 G를 이해하기 힘들었다.

육 년 동안 나에게 G는 호감이었다. 지금은 잘 모르겠다. 진정성이 느껴지지 않는 조언을 하는 사람이 나에게 우호적인 감정일까. 안타깝게도 G는 호감에서 비호감이 되었고, 나도 G가 하는 일을 더는 응원하지 않게 되었다.

좋은 말만 하는 사람이 다 좋은 사람은 아니다. 진심으로 상대방을 위하는 마음으로 쓴소리를 하는 사람도 있지 않나. 그래도 이유 없는 쓴 말, 대책 없는 말, 마음을 아프게 하는 말은 하지 말아야 한다. '나는 G에게 비호감이었나.'라는 생각에 마음이 뒤죽박죽이었다. 실질적으로 도움이 되는 조언을 해줄 수 없을 땐 말보다는 등을 어루만져 주어야 한다.

내가 사람을 잘못 본 게 아닌가 싶어 스스로 한심했다. 누군가 희망을 끊어 버리고 위축되는 말을 건넨다면 그건 조언이 아니니, "똥 밟았네." 하고 훌훌 털어버리면 그만이다. 그 사람에게 미운 감정이 들겠지만, 누군가를 미워하는 건 스스로 힘들게 하는 것이다. 그러니 미운 감정이 올라오면 "영향력 없는 사람이 한 말인데 뭘 신경 써." 하고 부정적인 감정을 접어 두는 게 자신에게 이롭다. 접어둔 마음을 잘 간직하고 있다가 보란 듯이 책을 출간하게 되면 다시 펼치면 된다. "자, 봐라. 내가 해냈다." 하고 보여주면 되는 것이다.

출판사와 계약을 하고 출간 일정이 정해진 후, SNS에 곧 책을 출간하게 되었다는 소식을 알린 날이었다. G는 나에게 축하한다는 메시지와 함께 선물을 보내왔고, 며칠 뒤 나의 계정을 차단했다.

한 단계 도약할 수 있는 기로에 서면 사람의 본심이 보인다. 진심으로 축하를 건네는 사람이 있는가 하면, 배가 아파서 찍어 누르려 들고 필요한 것만 얻어가려는 사람이 있다. 이럴 땐 심정이 말이 아니지만, 무슨 일이 있어도 감정적으로 대처하는 걸 주의해야 한다. 언젠가 성장을 거듭할수록 인맥이 재구성된다는 말을 들은 적이 있다. 사람이 떠나간 자리에 긍정의 에너지를 가진 사람으로 다시 채워지는 과정이라 여기면, 감정을 조금 더 수월히 다스릴 수 있다.

사람이 떠나간 자리에 긍정의 에너지를 가진 사람으로 다시 채워지는

과정이라 여기면, 감정을 조금 더 수월히 다스릴 수 있다.

○

외로움을 마주하는 자세

○

4부

나를 있게 해준 글쓰기

29

어떠한
여건 속에서도 끝까지
나를 사랑하기

아이들이 젖먹이였을 땐 정신없는 육아와 서툰 살림으로 고된 날의 연속이었다. 늘 잠이 부족했다. 그저 하루를 살아내기에 급급한 시절이었다. 다 지나간다는 말은 누가 한 말인지 몰라도 나에게는 명언이다. 아이들이 커 가면서 정신없이 바쁜 삶도 지나갔다. 아가 티를 벗고 유치원에 다니기 시작하면서 드디어 나에게도 여유가 생겼다.

황금 같은 5시간이 생긴 것이다. 한동안 집안 살림을 미루어둔 채 시간을 마구 쓰며 사치를 부렸다. 몸이 이끄는 대로 반응하며 그동안 부족했던 수면을 채웠다. 먹고 자길 반복하다 보니 친구를 만나 왁자지껄 수다 한판이 그리웠다. 그간 잘 만나지 못하던 친구들을 닥치는 대로 만났다. 어찌나 신나게 놀았는지 하원 후 육아 2차전을 감당해 내지 못할 정도로 체력이 고갈되기도 했다. 아이를 키우느라 눌려 있던 부족한 수면과 사람에 대한 갈증을 그렇게 해소했다.

매일같이 누군가와 어울리다 보니 몸과 마음이 바닥을 드러냈다. 혼자만의 시간이 필요한 것이었다. 아이를 등원시키고 한동안 혼자서 시간을 보냈다. 분명히 혼자 있고 싶었는데 막상 혼자가 되니 시간의 틈 사이로 공허함이 스며들었다. 텅 빈 감정이 자리 잡기 시작했고 우울했다. 그 공허함 속엔 엄마, 아내가 아닌 나라는 사람의 존재감으로 가득 차 있었다.

내가 좋아하던 음식이 무엇이었는지 기억이 나지 않아서 핸드폰으로 여러 음식을 검색하다 코끝이 찡해졌다. 가족이 먹고 남은 잔반은 나의 몫이었고, 외식할 때도 아이들이 남긴 음식이 나의 한 끼 식사였다. 마치 사춘기를 앓는 것처럼, 내가 누구인지, 좋아하던 음식이 무엇이었는지, 내 이름이 마지막으로 호명된 게 언제였는지 하는 물음표로 서른다섯에 방황하기 시작했다. 발길이 닿는 대로 떠돌던 어느 날, 중고 서점에서 김미경 강사님의 책『김미경의 인생 미답』을 만났다. 책 제목이 나의 현주소 같았다.

삶의 소소한 문제들을 외면하지 않고,

끝까지 들여다보고,

자신을 위한 답을 찾아내는 것.

책 겉표지에 쓰여 있는 글귀이다. 책 속에는 삶에서 길을 잃었다면 답을 찾아야 한다고 쓰여 있었다. 인생에 답이 있나 하고 골똘히 생각했다. 답이 없는데 무슨 수로 답을 찾을 수 있을까. 인생에는 답이 없으니 길을 잃어도 무방비로 방치해야 하는 걸까. 뭘 어떻게 하라는 건지 몰랐다. 책을 끝까지 읽어보니 저자는 살면서 부딪히는 인생 문제에 대한 답을 스스로 찾아갈 수 있도록 돕고자 했다.

김미경 강사님은 '나라는 사람의 존재감을 되찾을 수 있는 방법론'을 제시했다. 이 책을 통해 나다움을 찾을 수 있는 동기 부여를 힘껏 받을 수 있었다. 엄마, 아내, 며느리, 사회인이라는 여러 개의 명찰을 달고 일인 다역을 하는 여성 중엔 나라는 사람을 잃어버린지도 모른 채 살아가고 있는 사람이 여럿이라는 걸 알게 되었다.

이 책은 한 챕터, 한 챕터마다 "있잖아요…"로 시작하며 옆에서 이야기하듯 친근하게 다가왔다. 김미경 강사님의 삶 속에서, 나의 방황을 어떻게 풀어 나아가야 할지 두 가지의 실마리를 찾을 수 있었다. 첫 번째는 나를 사랑하는 것이고, 두 번째는 나를 방치하지 않는 것이다.

그 방법을 찾기 위해 많이 생각하고 여러 경험을 시도했다. 그러다 내가 찾은 건 독서와 글쓰기였다. 어느 날 첫째 주영이는 컴퓨터 앞에 앉아 글을 쓰고 있는 나에게, 돈이 안 되는 일을 한다고 말하기도 했었다. 맞는 말이지만 머리가 띵했다. "주영아, 돈이 되는 일만 가치가 있는 건 아니야." 하고 말해주었다.

삼 년간 독서와 글쓰기를 해오며 많이 발전했다고 여긴다. "독서와 글쓰기를 하면 뭐가 변하나요?" 하고 묻는다면 이렇게 대답할 것이다. "글쓰기를 꾸준히 하면 나와 사이가 좋아지고 내면이 깊어집니다, 독서로 변화하고 싶다면 실천이 뒤따라야 합니다." 실천이라고 해서 꼭 몸으로 무언가 하라는 게 아니다. 필요한 문장을 수집하고 자주 들여다보며 고민하는 시간도 실천이다. 무엇이든 중단하지 않고 지속한다면 계속 발전할 거란 사실은 명백하다.

책장에서 이 책을 집어 겉표지의 김미경 강사님을 볼 때면 '어떠한 여건 속에서도 끝까지 너 자신을 사랑하라.' 하고 말하는 듯한 목소리가 귓전에 맴도는 듯하다. 앞으로도 지금처럼 꾸준히 책을 읽고 글을 쓰며 끝까지 나 자신을 사랑하고 방치하지 않을 것이다.

앞으로도 지금처럼 꾸준히 책을 읽고 글을 쓰며

끝까지 나 자신을 사랑하고 방치하지 않을 것이다.

30

무엇을 해도
위로가 되지
않는다면

코로나19가 햇수로 삼 년째 지속되고 있다. 불편하지만 마스크를 써야만 했고 일정 시간이 지나자 익숙해졌다. 초등학교 2학년인 둘째 효준이는 마당에 나갈 때도 마스크를 쓰지 않으면 큰일 나는 줄 알고 난리가 난다. 초등학교 4학년인 첫째 주영이도 마스크가 없으면 불안하다고 한다.

　나도 가족을 제외하고 마스크 없이 친구를 만날 때면 약 10분가량 어쩐지 어색하다. 얼굴이 휑해서이다. 백신 접종이 이루어졌지만, 변종 바이러스가 언제 어떻게 다시 퍼질지 몰라 불안감은 여전하다.

코로나 시대가 된 이후 자영업을 하는 사람들의 고충, 고독사의 증가는 뉴스에서 어렵지 않게 접할 수 있다. 나 역시도 코로나 창궐 이전보다 혼자 지내는 시간이 많아졌다. 처음에는 많이 외로웠다. 그 외로움을 달래고자 누구라도 만나고 싶은 날도 있었다. 꼭 친구가 아니어도 모르는 사람들 속에 섞이고 싶은 마음이었다. 이런 날에는 집에서 가까운 독립서점을 찾았다. 30분밖에 시간이 없어도 집 근처여서 짬을 내면 되었다. 문제는 힘든 일이나 고민이 생길 때였다.

내려앉은 가슴으로 핸드폰에 저장된 이름을 보다가 한숨을 쉬고 말았다. 만남과 연락하는 횟수가 줄어든 상황에서 오랜만에 연락해놓고 힘든 마음을 꺼내 놓기란 쉽지 않은 일이었다. 친한 정도를 떠나 자칫 잘못하면 필요할 때만 연락하는 사람으로 비추어질 수도 있는 거니까.

때로는 누군가에게 기대어 힘겨운 마음을 털어놓을 필요가 있다. 인간관계는 삶의 '독'이자 '약'이다. 결국 나를 위로해줄 믿을 만한 누군가가 필요하다. 꼭 가족이나 친구에게만 사정을 터놓고 기댈 수 있는 건 아니다. 인터넷 익명 게시판에 고민과 상처를 드러내는 글을 올렸는데 한 번도 만난 적 없는 사람의 따뜻한 댓글에 위로를 받는 경우도 있다. 누군가의 글이나 노래, 그림에 위로를 받을 수도 있다. 매개체를 통해 전달되어 온 누군가의 온기가 당신에게 도움을 줄 수 있다.

당신을 위로해줄 만한 사람도, 글도 음악도 없다면 스스로에게 기꺼이 위로받아야 한다. "너 많이 외롭고 슬펐구나", "상처 입었구나. 그럴 만해."라고 자신에게 말해주는 과정이 필요하다.

　－『그림으로 나를 위로하는 밤』, 태지원(p.202~203)

　이 책의 저자는 꼭 사람을 통해서만 위로받을 수 있는 건 아니라고 한다. 그러나 어떤 마음은 저자의 말대로 다른 매개체를 통해 위로받을 수 있지만, 어떤 마음은 위로가 되지 않기도 한다. 이날은 어떠한 매개체도 자기 위안도 소용없었다. 위로받고 싶어서 인터넷을 뒤적이며 이러저러한 글을 읽다가 우연히 '심리상담' 단어를 보게 되었다. 심리상담이라는 네 글자를 보자마자, 내가 느낀 속상함의 크기가 커서 다른 매체나 자기 위안으로는 위로되지 않는 것일지도 모른다는 생각이 들었다.

　아이가 있어서 몸이 자유롭지 못한 것도 있지만, 사회 불안증으로 사람을 대면하는 일이 부담스러워 유선 상담이 가능한 곳을 찾아보았다. 그러다 '100일 글쓰기' 모임을 이끌어 주시는 선생님을 통해 전화로 상담 받을 수 있는 곳을 소개받았다. 상담은 1회에 50분이었다. 전화로 상담받는 건 처음이어서 몹시 긴장되었다. 예약한 시간에 상담 선생님으로부터 전화가 걸려 왔고 걱정한 것보다는 순조로웠다.

　심리상담 선생님이 아는 건 내 전화번호와 이름뿐이어서 안심이 되었다. 나를 아예 모르는 사람에게는 오히려 속마음을 편하게 꺼내어 놓을 수 있는 것이었다. 나와 심리상담 선생님 사이에 연결된 사람이 없어서

이다. 심리상담 선생님은 공감과 위로뿐 아니라 나를 객관적으로 봐줄 수 있는 전문가여서 필요에 따라 조언을 해 주셨다. 그 뒤로 매주 유선으로 약 팔 개월간 심리상담을 이어오다가, 사회 불안증이 호전되면서 세 달 전부터 오프라인 상담으로 전환했다.

아무에게도 말할 수 없는 고민이 있을 때, 누군가에게 위로받고 싶은데 마땅한 사람이 없을 때, 어떠한 매개체나 자기 위안으로도 해결이 되지 않을 때, 심리상담이 도움이 된다. 찾아보면 일회성인 상담도 있다. 내가 처한 상황을 객관적으로 봐줄 수 있는 시각을 가지고, 현실적인 피드백이 가능한 심리상담은 친구나 지인에게 고민을 털어놓는 것보다 더 낫다. 내가 그러했던 것처럼.

31

대화가
하고 싶은 날, 대화를 나눌
사람이 없을 때

언젠가 지인으로부터 "수아 씨는 말하는 걸 좋아하고 자기표현을 잘하는 것 같아요." 하는 말을 들었다. 지인의 말대로 나는 말하는 걸 좋아한다. 정확히는 대화하는 걸 즐긴다. 여럿이 함께 대화하는 것보다 일대일로 하는 대화가 좋다.

앞에 앉아 있는 사람의 말을 듣고 내 이야기를 꺼내놓으며 서로를 알아가는 시간을 소중히 여긴다. 라포가 형성되면 상대방을 조금 더 이해할 수 있고 친근하게 감각할 수 있다.

인간관계에서 문제가 생길 수밖에 없는 이유는 사람이라는 동물이 가진 정서와 성격이 저마다 다르기 때문이라고, 어느 심리학 박사가 말했다. 질 좋은 대화는 관계를 원활하게 만든다. 쌍방향의 소통이 대화 속에 있는 것이다.

대화를 좋아하지만 늘 누군가와 대화를 나눌 수는 없다. 작년부터 일대일로 대화를 나누어 본 건 다섯 손가락을 꼽을 수 없을 만큼 적다. 대화가 하고 싶은데 기회가 없으면 욕구가 쌓인다. 흩날리던 눈발이 소복하게 쌓이듯 내면을 물들인 욕구가 쌓이면 풀어내고 싶은 충동이 인다.

그럴 때면 꼭 글을 쓴다. 아직 못다 한 말이 많은 사람처럼 문장을 써내려간다. 누군가에게 말을 걸듯 글로 일상과 마음을 전하는 것이다. 그리고 SNS에 올린다. 그에 대한 답을 듣고 싶은데 아무도 댓글을 달아주지 않으면 책장 앞에 선다. 책 등을 바라보며 감정을 나눌 수 있는 책을 집어 들고 누군가의 말을 듣듯 작가의 이야기를 읽는다. 그럼 어느 정도는 욕구가 충족된다.

오늘은 누군가와 무척 대화가 하고 싶은 날이었다. 책장 앞을 서성이다가 김진규 시인의 시집 『이곳의 날씨는 우리의 기분』을 펼쳤다. 이러저러한 시를 읽다가 언젠가 보았던 시인의 등단작 『대화』가 담긴 페이지에서 시선이 멈추었다. (2014년 한국일보 신춘문예 시 부문 당선작, 『대화』)

「대화」

메마른 나무옹이에 새 한 마리가 구겨져있다

다물어지지 않는 부리 위를 기어 다니는 어두운 벌레들

작은 구멍에 다 들어가지 않는 꺾인 날개가

바람에 흔들리는 이파리들의 그림자를 쓰다듬고 있다

누군가가 억지로 밀어 넣은 새의 몸을 오래도록 들여다본다

나도 분명 그런 적이 있었을 것이다

어울리지 않았던 것들의 속을 채워보기 위해

아귀가 맞지 않는 열쇠를 한 번 밀어 넣어 보듯이

혼자 날아가지도 못할 말들을 해본 적이 있었을 것이다

... (중략) ...

나무옹이를 나뭇가지로 쑤신다

좀 더 따뜻한 곳으로 들어가라고

삼키지 못할 것들을 밀어 넣듯이 밀어 넣는다

－『이곳의 날씨는 우리의 기분』, 김진규

처음 이 시를 읽은 건 새벽 6시가 조금 넘은 시각이었다. 다 읽지도 않
았는데 눈물이 주룩 흘러내렸다. 이 시는 김진규 시인이 경험을 바탕으

로 쓴 시라고 한다. 경험한 것이라고 하니 감정이 더 올라왔다. 나무옹이에 날개가 꺾인 채 박혀 있는 새와 나누는 대화가 시에 담겨 있었다. 삼키지 못할 것들을 밀어 넣듯이 나뭇가지로 새를 더 깊숙한 곳으로 넣으며 따뜻한 곳으로 들어가라고 하는 시인의 마음이 나의 마음 같았다.

시에서 말하는 '삼키지 못할 것들'은 나에게는 대화이다. 다이어리에 이 시를 필사했다. 읽을수록 선명해지는 시이다. 그에 화답하듯 삼키지 못하고 입안을 맴도는 말을 글로 옮기며 한 편의 시를 써 내려갔다.

글쓰기는 나를 조금 더 들여다보는 시간이자 현재의 마음과 상황을 알아가는 일이기도 하다. 오늘과 내일이 다르듯 하루에도 몇 번이나 감정 변화가 일어난다. 글 쓸 때만큼은 현재의 감정을 온전히 느끼며 나에게 집중한다. 글을 쓴 만큼 나와 가까워짐을 느낀다.

나를 사랑한다는 말이 낯간지러워서, 이런 내가 싫지는 않다, 나를 좋아한다는 말로 대신해왔다. 그런데 스스로는 알고 있었다. 글 쓰는 행위는 타인을 위함도 있지만, 결국 나를 위한 것이고 스스로 사랑하는 일이라는 것을. 글쓰기는 감정을 해소하는 창구가 되어주기도 하니, 어두운 감정이 올라올 때 글로 풀어내면 된다. 글쓰기와 같은 해소의 창은 스트레스를 반감시키는 효과가 있다.

타인과 나누는 대화를 좋아하는 편이지만, 나와 나누는 대화도 좋아한다. 타인의 이야기로 들어가 대화를 나누고 싶은 오늘이다. 자신과 진솔한 대화를 나누는 누군가를 떠올리며, 얼마나 행복한지, 얼마나 외로운

지, 얼마나 이해받고 싶은지, 얼마나 사랑받고 싶은지 감각해본다. 글로 나누는 대화가 이 글에 담겨 있다. 해소의 창은 당신과 나를 이어주는 소통의 창이기도 하다. 언젠가 이 글을 읽는 당신의 소통 창구를 만날 수 있기를 소망한다.

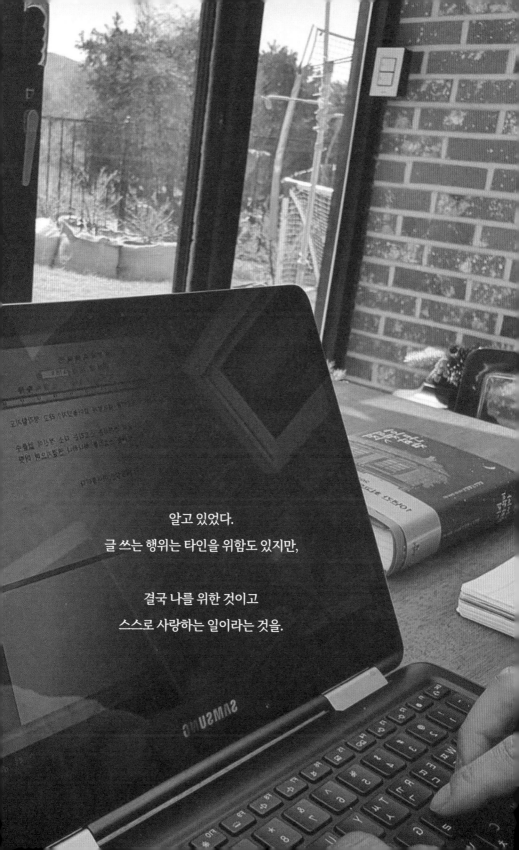

알고 있었다.
글 쓰는 행위는 타인을 위함도 있지만,

결국 나를 위한 것이고
스스로 사랑하는 일이라는 것을.

32

나를
지탱해 주는
대나무 숲

나는 도심지에서 조금 떨어진 용인시 처인구에 있는 어느 시골 마을에 산다. 회색 건물보다 녹지가 많은 곳이다. 차로 30분만 나가면 용인 시내에 닿을 수 있다. 이곳은 예전부터 눈이 많이 오는 지역이라고, 언젠가 동네 할아버지께서 말씀해 주셨다. 그래서인지 주위에 스키장이 세 개나 있다. 낮은 산이 많아 주위에 골프장도 있고 저수지도 곳곳에 있다.

오 년 전 이곳으로 이사 와서 처음 맞이하는 봄이었다. 지금은 집 근처에 편의점도 생기고 카페도 다섯 개나 있지만, 당시에는 카페와 편의점을 찾는 게 쉽지 않았다. 이사 온 지 얼마 되지 않았을 때 지리를 몰라 카페에 가려면 인터넷으로 검색을 해야 했다.

그날따라 커피가 너무 마시고 싶었다. 인터넷으로 카페를 검색하고 내비게이션을 따라가다가 벚꽃이 만발한 길로 들어서게 되었다. 우연히 들어선 길이지만 인터넷에 검색해보니 이미 벚꽃 명소, 드라이브 코스로 소문이 자자한 곳이었다.

2차선 도로를 따라 올라가다 보니 골프장이었다. S자 길은 산을 깎아 만든 듯해 보였다. 한눈에 보아도 오래되어 보이는 울창한 나무들이 양쪽으로 늘어서 있었다. 갓길에 세워진 차 근처에는 사람들이 삼삼오오 모여 벚꽃 아래에서 사진을 찍고 있었다.

나도 차의 선루프를 열고 속도를 늦추며 벚꽃을 만끽했다. 선루프로 들어오는 연분홍의 벚꽃에서 달큼한 복숭아 향이 나는 듯했다. 황홀경에 빠져 정신을 못 차릴 즈음, 벚꽃 길이 끝이 났다.

목적지였던 카페를 찾아 아메리카노를 사 들고 차에 올랐다. 골프장 근처여서 사방이 숲이었고 도로를 따라 식당과 카페가 늘어서 있었다. 잠시 차를 세우고 숲을 바라보며 아메리카노를 홀짝이다가, 집으로 가기 위해 다시 내비게이션을 찍었다. 왔던 길을 되돌아가면 되었지만, 처음 와 보는 길이어서 내비게이션을 찍지 않으면 안 되었다. 그런데 어쩐 일인지 내비게이션이 왔던 길을 가리키지 않았다.

아시아나CC, 벚꽃길

외로움을 마주하는 자세

얼마 안 가 반짝이는 무언가가 눈앞에 펼쳐졌다. 바닷가에서 보았던 윤슬이었다. 햇살을 품은 윤슬이 너무나 아름다워 눈이 번쩍 뜨였다. 한쪽으로는 작은 집들이 옹기종기 모여 둥둥 떠다녔다. 낚시터라고 쓰여 있는 팻말이 보였다.

내가 본 건 저수지였고 물 위에 떠 있는 건 낚시용 방갈로였다. 저수지 길을 돌아 또다시 숲길이 나왔다. 드문드문 공장과 물류창고가 보였고 온통 녹지였다.

집으로 와서 다시 이곳을 검색해보았다. 정확한 명칭은 '아시아나 CC 길'이라고 한다. 벚꽃이 지기 전까지 이틀에 한 번씩 그곳을 찾았다. 금방 낙화할 벚꽃을 한 번이라도 더 눈에 담고 싶어서였다. 지리를 익히고 나니 집에서 곧장 갈 수 있는 지름길도 알게 되었다.

나는 오 년째 잠시라도 짬이 나면 차를 몰고 훌쩍 이곳을 다녀오곤 한다. 처음엔 벚꽃을 보러 부지런히 다녔지만, 언제인가부터 울적한 날에도 종종 찾게 되었다. 기분이 좋을 때, 커피 한잔 마시고 싶을 때, 상쾌한 숲의 공기가 생각날 때, 마음이 힘들 때면 찾아가곤 한다.

코로나가 기승을 부릴 때 집에만 갇혀 있는 아이들을 차에 태우고 동네 마실 가듯 한 바퀴 휙 돌기도 했었다. 봄이 아닌 다른 계절에도 종종 찾았다. 하루에 두어 번 가기도 한다. 갈 때마다 보여주는 다른 풍경은 답답하고 외로운 마음을 달래준다. 다독다독 자연이 주는 편안함이 마음을 안아주는 듯하다.

학생들에게 본인을 계속 지탱해 줄 장소를 찾기 시작해야 할 나이라고 이야기했다. 장소가 사람보다 더 믿을 만하고, 가끔은 사람보다 더 오래 관계가 유지되기도 한다고 말이다.
─『멀고도 가까운』, 리베카 솔닛(p.54)

리베카 솔닛은 친구나 스승을 발견하기 전에 책과 장소를 먼저 발견했다고 한다. 사람이 주는 것과 똑같다고 할 수는 없겠지만, 그것들은 리베카 솔닛에게 많은 것을 주었다.

행복하게도 그곳에는 참나무들이 있었고, 언덕, 시내, 작은 숲, 새, 오래된 목장과 마구간, 툭 튀어나온 바위가 있었다. 열린 공간은 리베카 솔닛에게 개인적인 것에서 튀어나와, 인간이 없는 세상을 껴안으라고 부추겼다.

살다 보면 속상하거나 힘들 때가 있다. 그럴 때면 나는 마음을 친구에게 꺼내 놓는 것으로 속상함을 털어내곤 했었다. 친구의 반응이 시큰둥하면, 괜히 말했나 싶은 생각에 심란한 날도 있었다. 친구는 힘든 일을 나에게 말하지 않는데, 나만 말하는 것 같을 때는 손해 보는 듯한 기분이었다. 내가 한 말을 지켜주지 않아 다른 사람을 통해 말이 되돌아올 땐 친구가 미웠고, 말한 걸 후회하기도 했다.

공감과 위로를 받고 싶어서 한 말인데 반복되다 보니 친구와 멀어지기도 했다. 힘들고 속상할 때마다 쪼르르 달려가 일일이 다 말할 수는 없으니, 속으로 삭이는 것도 필요하다. 참을 수 없을 땐 친언니와 남편을 붙잡고 하소연하기도 했다.

글을 쓰기 시작하면서부터 힘든 일을 누군가에게 말하는 횟수가 확연히 줄어들었다. 마음을 글로 쓰면서 울다 보면 속이 후련해진다. 구정물 같은 심정을 글로 쓰고 나서 컴퓨터 바탕화면에 있는 휴지통에 버리면 어두운 감정도 함께 떠내려가는 듯하다. 그러나 어두운 감정의 잔해는 마음속 어딘가 남아 있다.

아시아나 CC 길을 찾은 날 중 좋을 때도 있었지만, 힘든 날이 더 많았다. 그 이유는 어둠의 잔해를 자연 속에 놓아두고 싶어서였다. 속상함을 글로 쓰지 않아도 아시아나 CC 길을 다녀오면 괜찮아졌다. 자연이 주는 치유의 힘이었다.

생각해 보니 이곳에 이사 오기 전, 도시에 살 때도 아파트 근처에 있는 공원을 자주 찾았다. 공원만 가면 마음이 편했고 한 바퀴 돌고 나면 몸도

가벼웠다. 공원 끝자락에 있는 카페거리에서 풍겨오는 은은한 커피 향이 참 좋았던 기억이 난다.

몇 년 전, 남편과 둘이 바닷가에 갔을 때 갑자기 나도 모르게 바다로 걸어 들어갔다. 잔잔한 파도가 철썩이며 내 몸을 밀고 들어오자 가슴에서 무언가 울컥 올라왔다. 끙끙거리며 참아온 감정이었다. 눌러놓았던 그 실체가 날 바다로 이끈 것이었다.

여벌 옷도 없는데 대책 없이 쫄딱 젖은 나를 보고 남편은 아무 말 없이 차 문을 열어 주었다. 그리고 인근 마트에서 저렴한 옷 한 벌을 사주었다. 젖은 신발에서는 걸을 때마다 질척이는 소리가 났다. 삑삑이 신발을 신은 아가처럼 발에서 소리가 나는 게 어찌나 웃기던지 남편과 한참 배꼽을 잡았다.

아이들과 남편이 우는 나의 모습을 보고 마음 아파할까 봐 차에 올라 흐느끼는 날이 있다. 이런 날이면 차를 타고 바다로 내달리고 싶다. 파도에 울음을 떠나보내고 싶어서, 파도가 슬픔을 가져갔으면 해서, 할머니의 품에 안기고 싶어서, 바다로 향하고 싶어진다.

리베카 솔닛이 말한 것처럼 나를 지탱해 줄 장소는 꼭 필요하다. 마음을 열어젖히고 나를 가만 놓아둘 수 있는 곳이라면 어디가 되어도 상관

없다. 관계는 사람과 사람만이 맺을 수 있는 게 아니다. 장소와 관계를 맺을 수도 있다. 그곳이 없어지거나 바뀌지 않는다면 사람보다 더 오래 관계를 유지할 수 있는 장점이 있다. 아시아나 CC 길과 바다는 나를 지탱해 주는 대나무 숲이 되어주었다. 나만의 비밀스럽고 성스러운 장소가 있다는 건 큰 기쁨이다.

나만의

비밀스럽고
성스러운 장소가
있다는 건

큰 기쁨이다.

33

힘 빼고
묵묵히
반복하기

책을 읽다 보니 어느 날 글을 쓰고 싶었다. 좋은 문장에 생각을 보태 세 줄에서 다섯 줄 정도의 감상평을 쓰기 시작했다. 글의 길이도 조금씩 길어졌다. 독후감을 쓰고 있는 나를 발견한 날 무척 기뻤다. 독후감을 쓰고 나서 밑에 나의 하루를 일기처럼 기록해 나갔다. 이건 글쓰기 모임이 아닌 혼자 쓰는 글쓰기의 출발점이 되어주었다. 삼 년간 천여 편의 에세이를 썼다. 책으로 엮기 위해 글을 정리하다 보니 육 개월 전에 쓴 글들만 살릴 수 있을 듯했다. 나머지 글은 문장, 어휘, 서사, 제목, 글감, 뭐 하나 마음에 드는 게 없었다. 전에 써 놓은 글을 보고 형편없다는 생각이 든 건, 그만큼 글쓰기 실력이 늘었다는 증거이다.

　당신이 자신의 마음에서 나온 것들로 글을 쓰기 시작했다면, 앞으로 오 년 동안 쓰레기 같은 글만 쓸 수도 있다는 사실을 받아들여야 한다. 왜냐하면 우리는 그보다 더 많은 세월 동안 글쓰기를 멀리하며 살았기 때문이다.
　－『뼛속까지 내려가서 써라』, 나탈리 골드버그(p.44)

　이백여 편의 글을 제외한 나머지는 컴퓨터 바탕화면에 있는 휴지통에 버려졌다. 휴지통으로 갈 글들을 정리하면서 이렇게나 많은 양의 글을 썼다는 사실에 그저 놀라웠다. 많은 글을 쓸 수 있었던 건 언젠가 글쓰기 모임에서 글을 못 쓴다는 이유로 받았던 무시와 글쓰기의 중독성이 이유였다.
　글쓰기는 중독성이 강한 마약과도 같아서 한번 빠지면 쓰는 병에 걸린다. 눈에 보이지 않는 병을 생각하면 조금 더 쉽게 이해할 수 있다. 우울증, 상사병, 조울증 같은 것 말이다. 이런 병은 약물이 필요하기도 하지만 쓰는 병은 쓰고 나면 순간 사라진다. 나탈리 골드버그는 오 년간 쓰레기 같은 글만 쓸 수도 있다는 사실을 받아들이라고 말했다. 앞으로 이 년은 더 버려지는 글을 쓸지도 모르지만, 다행히 살릴 수 있는 이백여 편의 글이 남았다.

삼 년간 천여 편의 에세이를 써 오며 쓰는 사람이 되어갔다. 하루도 컴퓨터 앞에 앉지 않으면 개운하지 않다. 그러나 글을 써오며 좋은 날만 있진 않았다. 글 쓰는 게 힘들었던 날, 멈추기도 했었다. 여섯 시간을 컴퓨터 앞에 앉아 있었는데 쓰고 지우기만 반복할 뿐 한 편도 완성하지 못해서였다. 글쓰기를 아예 그만둘 마음이었다. 이 주일 간 아무것도 쓰지 않았고, 쓰고 싶은 마음이 들던 날에도 쓰고 싶은 욕구를 외면했다.

어느 날에는 잠이 안 와서 뒤척이다가 주방에 앉아 책을 읽었다. 슬픈 내용이 아니었는데 기분이 가라앉았다. 이유를 알 수 없어 답답했다. 다시 자려고 침대에 누웠는데 잠이 오지 않았다. 이런 날이 반복되면서 몸살을 앓고 불면증이 생겼다. 자려고 누웠는데 글이 너무 쓰고 싶던 날, 새벽 4시에 일어나 컴퓨터 앞에 앉았다. A4 용지 3장에 마음을 쓰면서 많이도 울었다. 글쓰기를 그만둘 수 없다는 걸 알았다. 한바탕 글을 쓰고 나서야 거짓말처럼 평온해졌다.

한번은 이런 날도 있었다. 집 근처에 대학원 캠퍼스가 있는데 산책 코스로 좋아서 운동할 겸 길을 나섰던 날이었다. 메타세쿼이아 길처럼 양쪽으로 늘어선 나무 사이를 거닐며 어릴 때 기억이 새록새록 떠올랐다. 무의식 속에 잠들어 있던 기억들이었다. 터널을 지날 땐 눈앞이 캄캄했던 시절이 떠올랐다. 냇가에 앉아 흐르는 물을 볼 때는 머릿속에 쓰고 싶은 문장들이 스쳐 지났다.

한 시간 남짓 산책을 하고 집으로 돌아오는 내내 쓰고 싶은 장면이 떠올랐다. 눈앞에 집이 보이자, 나도 모르게 뛰기 시작했다. 이런 나를 보며 남편이 "무슨 일이야?" 하고 물었다. 대답할 겨를도 없이 컴퓨터를 켜고 떠오른 기억을 써 내려갔다. 나중에 보니 맥락 없는 글이었지만, 그때는 쓰고 나서 주방으로 가 물 한잔을 쭉 들이키며 "아, 시원해." 하고 말했다. 그제야 몸에 있는 갈증만 해소된 게 아니라는 걸 알았다.

글쓰기는 한번 빠져들면 병적이어서 컴퓨터 앞에 앉으면 엉덩이가 잘 떨어지지 않는다. 한 편의 글이 완성되기 전에는 쉬었다가 다시 이어서 쓰면 된다는 생각도 할 수 없다. 나에게 글쓰기는 마치 짝사랑과도 같아서 평생 할 거면 조용히 몰래 사랑하거나 과감히 그만두는 것만이 가능하다. 글쓰기를 그만둔다는 생각만으로도 마음이 찡해진다.

나의 글이 누군가에게 가 닿을 수 있을까, 하는 생각을 요즘 들어 자주 한다. 한 동네 사는 지인이 초등학교 때부터 일기를 쓰기 시작해서 마흔이 된 나이에도 계속 쓰고 있다고 했다. 나는 성인이 되어서 일기는 고사하고 제대로 된 문장을 써보지 않았다. 책을 가까이하기 시작한 것도 몇 년 되지 않았다. 초등 3학년부터 5학년까지 일기를 썼으니, 서른여덟 평생 삼 년을 제외하고 글쓰기를 멀리하고 산 것이나 다름없다.

나탈리 골드버그가 말한 것처럼 너무 오랜 세월 글쓰기를 멀리하고 살았다. 오늘 하루 동안 친구가 되어준 나탈리 골드버그의 『뼛속까지 내려가 써라』를 읽으며, 잘하려고 안간힘 쓰기보다 힘 빼고 묵묵히 지속해야겠다는 생각이 들었다. 안간힘 쓴다고 해서 갑자기 무언가 뚝딱하고 나오는 게 아니니 지속하는 것만이, 나아가는 방법일 것이다. 글쓰기는 성적으로 줄을 세울 수 있는 게 아니어서 실력이 늘었는지 가늠하기 어렵다. 막연함을 안고 시간을 들여 쓰는 행위를 반복해야 한다. 뼛속까지 내려가서 쓸 수 있을 때까지, 오늘도 내일도 계속해서 쓰는 삶을 이어가는 것이다.

34

나침반과
우물이 되어주는
독서

2019년도부터 본격적으로 책을 읽기 시작했다. 동기 부여를 불러일으키는 자기계발서가 좋아서 일 년은 자기계발서 위주로 읽었다. 자기계발서에 흥미를 잃고 나서 감성 에세이를 읽었다. 감성 에세이는 여백이 많고 감수성을 자극하는 문장이 주를 이루어 완독의 성취감이 높았다. 그 다음으로 산문집을 읽었다.

어느 날 시어머니의 책장에서 (故) 장영희 작가님의 책『살아온 기적 살

아갈 기적』을 만났다. 누군가의 삶이 글로 표현된다는 게 이런 거구나, 하고 알게 된 날이었다. 그 뒤로 독서의 매력에 빠져들었다. 삼 년간 이백여 권이 넘는 책을 읽었다.

글을 잘 쓰려면 독서를 꼭 해야 한다 VS 그렇지 않다, 하는 의견이 분분하다. 내가 책을 읽으며 느낀 건 글쓰기에 독서가 도움이 된다는 것이다. 책에는 작가의 사유와 통찰이 담겨 있다. 우리는 독서를 통해 은연중 사유와 통찰을 흡수하게 된다. 또한 책에 담긴 누군가의 이야기는 타인을 이해할 수 있는 폭을 넓혀준다.

글은 휘발성이 높아 많은 사람이 독서 후 허무함을 느낀다. 그러나 우리가 모르는 사이 독서는 내면에 우물을 만든다. 독서의 양이 쌓일수록 우물은 점점 더 깊어진다. 그 깊이감은 아주 조금씩 다른 내가 되게 한다.

나는 독서가 만들어낸 우물에서 길어 올린 샘물로 글을 쓴다. 문장력과 어휘력을 기르는 데 독서만 한 게 없다는 걸 경험으로 체득했다. 책 한 권을 완독하려면 많은 시간이 들어가기에 좋은 책을 골라 읽어야 한다. 나 역시 먹이를 찾는 하이에나처럼 좋은 책을 찾아 헤매던 시절이 있었다. 내가 선택한 건 최인아 책방의 북클럽이었다.

어떤 책이 좋은지 알 수 없을 때는 북클럽이 도움이 된다. 다독가나 책에 일가견이 있는 이가 엄선한 책은 생각할 지점과 배울 게 많다. 위에서 언급한 대로 작가의 사유와 통찰이 바로 그것이다. 이것은 삶의 태도가 되어주었다. 이뿐 아니라 잘 쓰인 소설은 좋은 소설을 쓰고 싶게 하는 동기가 되어주었다.

　살아 있는 소설에는 기막힌 묘사가 있다. 장면을 이미지로 그릴 수 있어서 실감 나게 읽힌다. 소설을 읽던 어느 날, 내가 읽은 책의 작가처럼 묘사를 잘하고 나만의 사유를 담아 글을 쓰고 싶은 욕구가 샘솟았다. 좋은 문장을 쓰려면 어떻게 해야 할지 고민하다 한 권의 책에서 답을 찾을 수 있었다. 강영숙 장편소설 『라이팅 클럽』의 J 작가는 영인에게 이러한 조언을 건넨다.

　"묘사, 묘사, 묘사를 해라. (중략) 간결하고 분명한 묘사 뒤에 반드시 작가의 사고 과정이 드러나야 해. 그런 건 묘사가 아니라 진술이지. 작가의 사고, 작가의 판단에서 오는 힘이 있는 진술이 반드시 들어가야 해. 이렇게 주인공이 기차 타고 갔다가 기차 타고 오는 과정을 보여 주는 게 소설의 다는 아니라구. 묘사와 진술 그 두 가지가 적절히 섞여야 해. 좋은 문장이란, 좋은 소설이란 그런 거야."
　ㅡ『라이팅 클럽』, 강영숙(p.172)

　소설은 묘사만 잘하면 된다고 생각했는데, 묘사와 진술 두 가지가 적절히 섞여야 하는 것이었다. 에세이도 이와 다르지 않다. 묘사와 진술이 조화를 이룬 에세이는 진술로만 이루어진 글보다 읽는 재미가 있다. 진술에는 J 작가가 말한 작가만의 사고와 판단에서 오는 힘 있는 진술이 들어가면 좋다. 이러한 진술은 어디에서 나오는 걸까. 많은 책을 뒤적이다 독서와 진솔함에 가 닿았다.

묘사 실력을 늘리기 위해 장면을 머리로 그리거나 사진을 보고 묘사를 쓰는 연습을 했다. 그러면서도 나만의 이야기를 진솔하게 담아내려고 애썼다. 나의 글에 힘이 있는 진술이 담겨 있다면, 이것은 그간 해온 독서가 만들어낸 전유물일 것이다. 내가 길을 잃고 헤매고 있을 때마다 책은 나침반이 되어주었다. 책이 날 어떠한 길로 초대할지 기대된다. 독서가 즐거운 이유이기도 하다.

35

버티는
힘이 주는 삶의
유의미

글쓰기 모임에서 글을 못 쓴다는 이유로 자존심이 상했던 날이었다. 다른 사람들이 나보다 글을 잘 쓴다는 걸 인정하고 자존심을 내려놓기로 했다. 쓰면서 배우면 된다고 여겼다. 생각해보면 나만의 글을 쓰면 될 뿐, 자존심을 세울 필요는 없다.

글쓰기 모임은 매주 글을 제출하는 날이 정해져 있었다. 글을 제출하고 나서도 일주일에 두세 번은 추가로 글을 썼다. 일원들보다 두 배는 더 노력했다. 육 개월이 지나고 스스로가 발전했음을 느낀 날이었다. 드디어 글쓰기가 한 계단 올라선 듯했다.

달콤한 노력의 열매는 다른 도전을 시작할 수 있게 해 주었다. 글쓰기 플랫폼인 브런치에 글을 연재하기 시작했다. 아무런 반응 없이 약 일 년이 지났다. 언제인가부터 누군가 답하기 시작했다. 주로 이런 댓글이었다.

[좋은 글 써주셔서 감사합니다.]
[좋은 글 고맙습니다.]

'좋은 글'이라는 말은 정말이지 듣고 싶었던 말이었다. 조금씩 성장하고 있는 듯해 뿌듯했다. 뿌듯함은 더 잘할 수 있다고 등을 밀어주었다. 지금보다 더 많은 글을 쓰고 싶은 욕구가 내면에서 고개를 들었다. 글을 쓰는 대로 브런치에 올렸다. 폭풍으로 쏟아내던 시기였다. 내 이야기에 위로받았다는 댓글이 달렸을 땐 마음이 꽃밭이었다. 나와 타인을 위하는 꽃길이 글쓰기에 있었다. 꽃을 활짝 피워 그 길이 풍성해질 때까지 성장의 계단을 오르고 싶다.

노신은 자각한 주체로서 '살아냄' 자체가, '버텨냄' 자체가 자신을 불편하게 하는 갖은 사회적 부조리에 대한 통렬한 복수라고 보았다. 적어도 공자 이래로 이러한 이들을 '어른'이라고 불러 왔다. 그저 잘 먹고 건강하게 잘 살면서 가만히 있어도 되는 몸집만 어른을 말함이 아니다. 자기 삶을 유의미하게 꾸려가고자 어떤 조건에서도 살아내고 버텨내며 자기 삶의 주인으로 살아가는 그러한 어른을 말함이다. 이들은 그래서 영웅인 것이다.

  — 『무엇이 좋은 삶인가』, 김 헌, 김월회(p.314)

지난날 글을 잘 쓰는 사람이 되고 싶어서 매일 무언가를 썼다. 한계에 부딪혔을 땐 모든 걸 내려놓고 싶던 날도 있었다. 그러나 좌절 속에서도 한 줄기 희망이 찾아왔다. 해내고야 말겠다는 의지가 만들어낸 희망은 느리더라도 멈추지 않고 나아가게 했다. 글을 쓰며 좌절하고 다시 일어서려는 마음은 수없이 반복되었다. 이렇게까지 해서 꼭 글을 잘 쓰고 싶나, 하는 마음이 될 때면 한없이 처량해지기도 했다. 그럴 때면 마인드를 재정비했다. 나에게는 버티는 힘이 있고 그 힘으로 조금씩 성장해왔으니 올라갈 길만 남았다고 되뇌며 흔들리는 마음을 다잡았다.

미국의 소설가인 존 바스(John Barth)는 이런 말을 했다. "모든 사람은 필연적으로 자기 자신이 써나가는 삶의 이야기에서 영웅이다."

  — 『무엇이 좋은 삶인가』, 김 헌, 김월회(p.301)

글쓰기가 아니더라도 자신을 위해서 시간을 쪼개어 무언가를 했으면 좋겠다. 분명히 힘들고 지치는 날이 찾아올 것이다. 그러나 놓지 않는다면 고비를 넘어서게 되는 날도 맞이할 것이다. 가늘게라도 버티는 힘으로 이어가는 게 중요하겠다. 이것은 삶의 주인이 되는 길이기도 하다. 나를 포함한 이 글을 읽는 모두가 자신의 삶을 유의미로 채워나갔으면 좋겠다. 생의 마지막에는 영웅으로 남길 바라는 마음이다.

개인 사정으로 브런치 계정을 삭제하고 한 달 전 새로운 계정을 다시 만들었다. 구독자가 몇 없지만, 누군가 달아주는 한마디의 말은 계속해서 쓸 수 있는 응원이 되어준다. 이 글을 읽고 있는 당신도 나를 응원해주었으면 좋겠다. 나도 당신을 응원한다. 서로 응원하는 마음과 때로는 스스로 응원하는 마음이 모여 버티는 힘을 발휘할 수 있게 도울 거라 여긴다. 언제 다시 거센 물살을 만날지도 모르지만 버티는 힘으로 의미 있는 삶을 살고 싶다. 그 삶을 향해 열심히 노를 젓는 중이다.

언제 다시 거센 물살을 만날지도 모르지만 버티는 힘으로 의미 있는 삶을 살고 싶다.

그 삶을 향해 열심히 노를 젓는 중이다.

36

세상과
손잡는
방법

언젠가 집 근처 시골 책방에서 했던 독서 모임에서 가슴을 울리는 책 한 권을 만났다. 그 책은 김성희, 김수박 작가의 『문밖의 사람들』이다. 학창 시절부터 만화책조차도 안 읽었던 터라 만화책을 잘 모른다. 독서를 시작하고 나서 가끔 읽긴 하지만 여전히 만화책은 나와 거리가 멀다. 나에게 만화책이란, 그저 재미를 좇는 소소한 즐거움이다. 그러나 책『문밖의 사람들』은 이와 다르다.

이 책의 마지막 페이지를 덮으며 묵직한 전율을 느꼈다. 2016년에 파

견 노동자로 일하다 메탄올에 중독돼 실명과 뇌 손상 장애를 얻은 피해자 여섯 명의 이야기이다. 자본주의 생태계는 피라미드 구조이다. 맨 상위층을 대기업으로 본다면 그 밑으로 하청 업체가 이어진다. 각 회사는 이윤을 남겨야 하고 하청 업체로서 해내야 하는 몫이 있기에 양심을 파는 일이 소리 소문 없이 일어나기도 한다는 걸 책을 통해 알 수 있었다.

곪은 상처는 언젠가 터지기 마련이다. 책에는 공장주의 비양심으로 피해자가 속출했다. 공장주는 안전한 에탄올보다 값싼 메탄올을 사용하면서 그 위험성을 직원들에게 알리지 않았다.

나의 부모님도 하청 업체로 큰 회사의 일을 받아서 했던 시절이 있었다. 대학 친구도 대기업 라인에서 아르바이트했을 뿐인데, 어느 날 원인 불명의 백혈병을 얻었다. 부모님께서 힘들어하셨던 지난 기억과 아직도 항암치료를 받는 친구가 생각나 이번 독서 모임은 힘든 시간이었다.

독서 모임에서 한 명씩 돌아가며 책 내용을 토대로 느낀 점과 자신의 의견을 이야기했다. 일원 A는 메탄올에 대해 해박한 지식을 갖고 있었다. 메탄올이 아직도 우리 삶에 존재한다며 그 위험성에 대해 열변했다. 다른 일원 B는 대기업의 종사자로서 이런 일이 일어나기 쉬운 사회적 구조를 알려주었다.

일원 C는 자신이 사회생활을 하며 겪었던 질 낮은 기업의 행태를 예시로 들어주었다. 이 사회에 부조리함이 깊이 뿌리내려 있다는 걸 알게 되었다. 이런 일이 더는 벌어지지 않게 하려면 사회가 바뀌어야 한다.

독서 모임을 이끌어 주시는 선생님은 "개인이 세상을 크게 바꿀 수는 없겠지만, 아는 것과 모르는 것의 차이는 실로 커요." 하고 말씀하셨다. 우리는 더 늦기 전에 개개인으로부터 작은 시도가 시작되어야 한다고 입을 모았다. 저마다의 힘으로 이 세상을 어찌 바꿀지 고민했다. 개인이 세상을 바꾸기 위해 할 일이 무엇인지 대화를 나누다 정치, 사회 문제에 관심을 가지고 투표를 잘해야 한다는 결론에 다다랐다.

독서 모임 일원들은 하나같이 정치, 사회에 대해 잘 아는 듯해 보였다. 나는 아는 게 없어서 부끄러움을 숨긴 채 조용히 듣기만 했다. 이야기를 듣다 보니, 대학생 때 교수님이 나에게 해주셨던 말씀이 떠올랐다.

대학 2학년 때부터 야간학부를 다니며 교내 부속유치원에서 부담임으로 일했던 시절이었다. 교수님은 교수직과 교내 유치원 원장직을 겸하셨다. 사회에 첫발을 내디딘 나에게 어느 날 교수님께서 "이 교사, 그거 알아요? 이 교사는 마치 온실 속에 화초 같아요. 이제 사회인이 되었으니 물정을 알아야 하겠지요." 하고 말씀하셨다.

그 당시 나는 '온실 속에 화초' 같다는 말이 무슨 뜻인지 이해하지 못했다. 나중에 알고 보니 주임 교사가 나에게 일을 가르치는 게 힘들다고 교수님께 말씀드린 것이었다. 주임 교사도 교수님의 십 년 전 제자이고, 나역시 제자이다. 교수님은 제자에게 진심 어린 조언을 건넨 것이겠지만,

이 말은 십육 년이라는 세월이 흐른 지금도 무의식에 남아 있다가 한 번씩 모습을 드러낸다. 독서 모임에서 사회를 너무 모른다는 생각에 '온실 속의 화초'라는 말이 수면 위로 떠 오른 것이었다.

교수님의 그 말씀 이후로 세상을 알기 위해 노력했다. 그 노력은 스스로 열성적인 일꾼이 되게 했다. 눈치가 늘었고 어떻게 하면 일을 더 잘 해낼 수 있을지 요령을 터득해나갔다. 이직 후 서울 목동의 어느 유치원에서 일할 때도 일 잘한다는 소리는 꼭 듣고야 말았다. 그러나 일을 잘하는 것과 세상을 아는 건 다른 문제였다. 전업주부가 돼서 온실 속에 화초, 물정을 모른다는 말은, 순수하다는 말로 되돌아왔다.

처음에는 순수하다는 말을 사람 좋다는 뜻인 줄 알고 "감사해요. 고마워요." 하고 답하기도 했었다. 말에 담긴 뜻을 오해한 것이었다. 순수하다는 건 정말 아이와 같은 마음을 가진 사람이라는 뜻도 있지만, 나에게로 온 말은 그게 아니었다. 또래 아이를 키웠던 동네 엄마 C는 언젠가 "순수한 건 그만큼 때가 묻지 않았다는 말은 맞는데, 서른이 넘었으면 어느 정도는 때가 묻어야지. 몰라도 너무 몰라서 대화가 안 통해. 주영이 엄마랑 말하면 고구마 백 개 먹은 것 같아."라고 말하기도 했었다.

이 말은 사회 초년생이던 나에게 교수님께서 해주셨던 조언을 떠올리게 했다. 동네 엄마 C의 말에 베인 듯 마음이 아팠다. 서른이 넘었는데도 나는 아직 세상 물정을 모르는구나 싶은 생각에 어찌나 한심하던지….

사회에서 세상을 배우고 싶다고 눈물 바람을 하며 남편을 붙잡고 푸념하기도 했었다. 복직을 고민해 보았지만, 현실을 극복하지 못했다.

나와 남편은 비빌 언덕 없이 아이를 키웠다. 한 아이가 아프면 아프지 않은 아이마저도 함께 입원시키고 돌보며 힘겹게 여기까지 왔다. 현실적인 문제 이외 마음의 문제도 있었다. 어머니의 빈자리를 느끼며 자라와서 아이를 품에서 떼어놓을 용기가 나질 않는 것이었다. 아이가 어려 손이 많이 가야 했기에 머리만 대면 잠들기 바빠서 뉴스를 보거나 신문을 들춰볼 여유도 없었다.

둘째 효준이가 선천성 외사시 수술을 받고 어린이집에 다니기 시작했다. 오지 않을 것만 같던 날이 드디어 온 것이다. 이제야 세상을 배울 수 있다는 희망이 생겼고 빨리 집 밖을 나가고 싶었다.

시립도서관에서 하는 신문 필사 강의를 신청했다. 시간이 날 때마다 도서관으로 달려갔다. 도서관 2층에 비치된 신문을 들추어보며 필사에 열을 올렸다. 신문을 보며 간절히 얻고 싶었던 건 오직 하나였다. 그건 세상 물정을 알고 싶은 마음이었다. 수업을 들으며 신문에도 잘못된 정보가 있다는 걸 알았다. 신문사마다 정치적 성향이 있다는 것도 알아갔다. 왜곡된 정보를 일부러 흘리는 신문사도 있었다.

신문을 볼 때 왜곡된 기사인지 아닌지부터 가려낼 줄 아는 능력이 필요했다. 나에게 그런 능력이 없으니, 신문 필사 강사님에게 의존해 제대로 된 기사를 접해나갔다. 도서관에서 진행하는 수업은 무료라 종료되는 날이 정해져 있었다. 삼 개월 후 신문 필사 수업이 종료되었다.

　그때도 나에게는 왜곡된 기사를 가려낼 수 있는 안목은 없었다. 신문을 손에서 놓고 세상을 알고자 사회와 경제를 다루는 책을 읽기 시작했다. 책을 아무리 읽어도 사회, 정치, 경제를 이해하기란 쉬운 일이 아니었다. 세상을 알고 싶었지만, 점점 더 멀어져 가는 듯했다.

　신문과 책을 읽어도 세상을 이해하지 못한다면 어떻게 해야 할까. 답은 있을 텐데 그 공식을 몰라 풀지 못한 수학 문제같이 느껴져 답답했다. '주부가 세상을 알아서 뭐 하려고, 살림이나 잘하면 되지.'라는 낡아빠진 관념에 휩싸이기도 했었다.

　그러던 중 독서 모임에서 『문밖의 사람들』을 이야기하며 반짝이는 말을 듣게 되었다. 그것은 제대로 된 기사를 발행하는 신문사의 이름이었다. 이 세상에 진정성 있는 기사를 쓰는 신문사가 있다니 망설일 이유가 없었다. 독서 모임을 마치고 집으로 오자마자 컴퓨터를 켜고 신문사 홈페이지에 접속해 구독 신청을 했다.

　전자책이 종이책보다 더 저렴했지만, 공부를 위한 목적이어서 물성이 필요했다. 일 년 치 구독을 하면 10% 할인을 받을 수 있었다. 할인을 받아도 연 18만 원, 한 달에 만 오천 원이 들어갔다. 생활비, 교육비가 아닌 매달 지출되는 비용이 부담스러웠지만, 세상 물정 모르는 어른은 되고 싶지 않았다. 아이의 부모로 부끄러워지고 싶지 않은 마음이었다.

구독 중인 신문들

부모는 아이가 살아갈 세상에 존재하는 부조리함을 알아야 할 책임이
있다. 이러한 이유로 과감히 투자하는 중이다. 신문을 읽으며 몰랐던 세
상을 알아가고 모르는 세계로 손을 뻗고 있다. 나의 일터인 집에서 신문
을 통해 세상과 연결고리를 만들어 가고 있다. 변하고 싶다면 무언가를
계속 시도해야 한다. 다양한 경험을 하다 보면 방법을 찾을 수 있을 것이
다.

37

외로움을
마주하는
자세

2020년 여름 필라테스를 시작했다. 필라테스 강사님은 대학 졸업반
이라고 했고, 나랑 띠동갑이었다. 그녀는 부모님과 함께 살다가 혼자 살
게 된 지 두 달이 되었다고 했다. 필라테스 시간에 자주 하품하는 그녀에
게 "많이 피곤하신가 봐요." 하고 물었고, 그녀는 "혼자 사는 게 익숙하지
않아서 요즘 잠을 잘 못 자요. 잠이 오지 않으면 이런저런 생각을 하다가
눈물이 날 때도 있어요." 하고 답했다.

무어라 말해야 할지 몰라 필라테스 동작만 반복했다. 언젠가 나도 극

심한 외로움에 시달렸었다. 뉴질랜드에서 일 년 팔 개월간 어학연수를 할 때 향수병에 걸린 것이었다. 집이 그리울 때면 자주 눈물이 났다. 그때의 나를 보는 듯해 마음이 짠했다.

일주일 후 그녀에게, 글쓰기 수업에서 수강생들과 함께 쓴 책을 건네주었다. 조금이나마 그녀가 혼자 보낼 밤이 덜 외로웠으면 하는 마음이었다. 어느 날 그녀는 인사도 하기 전에 내 얼굴을 보자마자 "지난번에 주신 책이요. 잘 읽었어요. 혼자 사니까 외롭더라고요. 외로움을 잘 타지 않는 줄 알았는데…. 읽을 때마다 같은 글인데도 느낌이 다른 거 있죠. 시간이 잘 가서 좋아요. 책으로 위로받는다는 게 이런 건가 봐요." 하고 말했다.

시간도 잘 가고 위로가 되었다니 다행이었다. 책이 도움이 되는 듯해 다른 책을 선물하고 싶었다. 내가 마지막 타임이라 필라테스를 마치고 나면 밤 9시 50분이었다. 10시면 그녀가 퇴근한다는 걸 알고 있었지만, 집으로 가서 책 한 권을 들고 다시 센터로 향했다.

집에서 가지고 온 책은 아지즈 네신의 소설 『일단, 웃고 나서 혁명』이다. 그간 읽은 것 중 가장 재밌게 읽은 책이다. 웃을 일 없는 날이 이어지면 기분이 울적해진다. 그럼 웃을 일을 만들기 위해 이 책을 펼치곤 한다. 이 책은 한 편마다 짧은 이야기로 되어 있어서 가독성이 좋고, 웃긴 포인트가 있어서 책장을 덮기 전까지 몇 번이나 웃을 수 있다.

센터에 도착했을 땐 예상한 대로 그녀가 퇴근한 뒤였다. 다행히 센터의 문이 열려 있었다. 책을 데스크에 올려놓고 메모를 남겼다. 회원에게 외롭다는 말을 꺼내기 쉽지 않았을 텐데 말을 해준 그녀가 새삼 고마웠다.

서른이 되기 전, 외로울 때면 친구를 불러내기 바빴다. 혼자 있어서 외로운 거라고, 친구와 함께 있으면 외롭지 않을 거라고 여긴 것이었다. 아이러니하게도 친구와 함께 있어도 외로움은 사그라들지 않았다. 누군가와 함께 있기를 반복하면서 알게 된 건, 외로움은 누군가와 함께한다고 해서 사라지는 감정이 아니라는 사실이었다.

그 뒤로는 외로운 감정이 찾아오면 산책, 영화, 독서, 글쓰기, 이러한 것을 했다. 외로움이 잦아들기를 바라면서. 철학자 하이데거의 말에 의하면, 인간은 본래 외로운 존재라고 한다. 의지와 상관없이 세계에 던져지기에 그렇다는 것이다.

사람이 가진 본질이 외로움이라면 떨쳐버리려는 안간힘보다, 견딜 줄 아는 법을 알아야 하겠다. 혼자만의 시간 속에서 자신을 마주하다 보면 조금씩 외로움에 익숙해질 것이다. 나의 감정, 기분, 생각을 정면으로 바라보고 감각해야 한다. 외로움이 찾아오면, '어서 와, 기다리고 있었어.' 하고 말할 수 있는 날이 올 때까지.

외로움이 찾아오면, '어서 와, 기다리고 있었어.' 하고

말할 수 있는 날이 올 때까지.

38

모든
답은 내 안에
있다

초등 4학년인 첫째 주영이는 주 4일 하교 후 영어학원에 간다. 오늘도 영어학원에 가기 위해 학원 상가로 향했다. 주영이와 엘리베이터 앞에 서 있는데 초등학생으로 보이는 한 여학생이 걸어왔다. 여학생 손에는 두 권의 책이 들려 있었다. 자연스레 책에 시선이 갔다.

바코드가 붙어 있는 걸 보니 도서관에서 빌린 책이었다. 여학생은 엘리베이터를 타고 두 권의 책 표지를 번갈아 보았다. 그 책은 선바의 『제 인생에 답이 없어요』, 에노모토 히로아키의 『나는 왜 친구와 있어도 불편

할까?』였다.

호기심에 여학생에게 몇 학년이냐고 물었다. 여학생은 4학년이라고 답하고 다시 책을 보았다. 주영이와 같은 학년인데 성숙함이 묻어났고 얼굴에 그늘이 진 듯해 보였다. 멋쩍어진 나는 "저도 책 좋아해요. 책을 들고 있길래 궁금해서 물어봤어요." 하고 말했다. 여학생은 책에 시선을 고정한 채 아무런 대답도 하지 않았다.

주영이와 여학생은 엘리베이터에서 내려 학원으로 들어갔고, 나도 다시 1층으로 내려갔다. 엘리베이터 안에서도, 집으로 가는 동안에도, 책을 들여다보는 여학생 얼굴이 생각났다. 그러다 열한 살이던 나를 떠올렸다. 친구 관계나 삶에 대해 생각해 본 적 없는 나이였다. 요즘 아이들 발달이 빠르다고 하는데 정말 그런 듯했다.

내가 친구나 삶에 대해 고민하기 시작한 건 스무 살이 넘어서였다. 다른 사람들은 자기 앞가림을 잘하는데 왜 나만 이럴까, 다들 모난 데 없이 잘 어울리는데 왜 나는 자꾸만 사람들 눈치를 보는 걸까, 하고 고민했다. 그러다가도 바삐 돌아가는 생활에 금방 잊어버렸다.

나이가 들수록 인간관계와 삶에 대해 자주 생각하게 된다. 만날 때마다 깊은 이야기를 나누는 친구가 있다. 우리의 주요 대화 내용은 삶과 인간관계이다. 친구와 아무리 이야기를 나누어도 삶과 인간관계에 대한 답은 좀처럼 찾을 수 없어, 대화는 한바탕 수다로 마무리 지어지곤 한다.

독서하기 시작하면서부터 나를 둘러싼 문제에 답을 찾고 싶을 때면 책을 펼쳐 보는 습관이 생겼다. 관계에 대해 생각이 많아지면 문요한 작가님의 『관계를 읽는 시간』을 펼친다. 저자는 인간관계에 바운더리가 있다고 말한다. 바운더리는 저마다 가지고 있는 경계(선)이자 통로이다. 저자는 경계를 늦추면 타인이 허락 없이 침범하게 되고 관계에 문제가 생긴다고 말한다. 타인과 함께 있을 때 불편함을 느낀다면 바운더리가 지켜지지 못해서라고 한다.

삶이란 무엇일까, 어떻게 살아야 잘 사는 걸까, 하고 생각에 잠길 때면 김미경 작가님의 『인생 미답』을 펼친다. 저자는 누구의 삶이어도 답이 있는 인생은 없다고 말한다. 이 책을 읽고 나면, 어차피 삶에는 답이 없으니 이 길로도 갔다가 저 길로도 가봐야겠다는 마음이 된다. 어느 길로 가든 일단 발을 디딜 수 있게 용기를 주는 책이다.

책은 인생의 조언이 필요한 순간 멘토가 되어 준다. 여학생이 책에서 찾으려고 하는 게 무엇이었을까. 지난날의 나처럼 조언이 필요했을지도 모른다. 이 시대에는 맡은 역할과 사회가 정한 기준을 무시하며 살아갈 수 없다. 누구나 삶 앞에서 자유로울 수 없는 이유이기도 하다.

우리는 언제고 다시 인생의 물음표를 마주하게 될 것이다. 인생엔 본래 답이 없으므로 책에서 완전한 답을 찾을 수는 없다. 그럼에도 독서하며 충분히 고민하는 시간은 의미가 있다. 무엇이든 충분히 고민해 본 사람은 비 온 뒤 식물이 더 잘 자라는 것처럼 마음도 조금씩 성장할 것이기에 그러하다. 인간관계든, 삶이든 여러 갈래의 길을 가보고 시행착오를 겪을수록 여물어진 자신과 마주할 수 있다. 조금은 더 단단한 나를 감각하게 되면 그제야 비로소, 모든 답은 내 안에 있다는 것을 알게 된다.

조금은 더 단단한 나를 감각하게 되면 그제야 비로소,

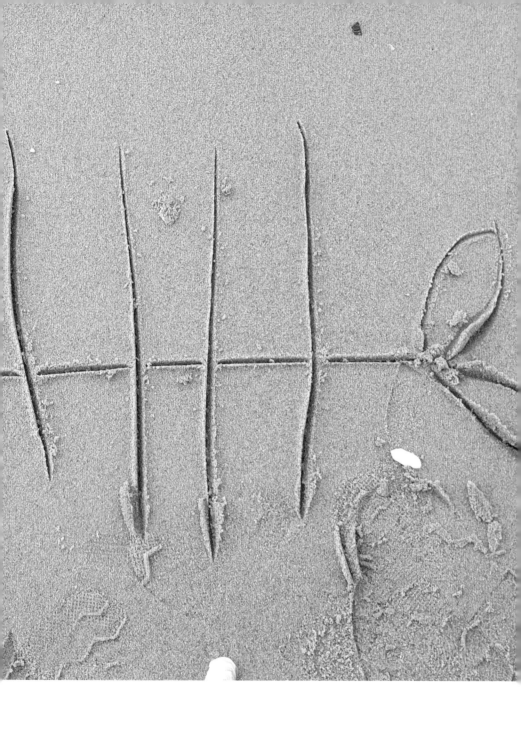

모든 답은 내 안에 있다는 것을 알게 된다.

절망 속에서도 꽃은 피고, 희망 속에 어둠이 드리우듯이

제 이름에 담긴 뜻대로 빼어난 사람이 되기 위해 아등바등 살던 시절이 있었습니다. 빼어난 사람이란 어떤 모습인지도 모른 채 앞만 보고 달렸습니다. 그 속에는 인정 욕구와 사랑받고 싶은 마음이 있었습니다.

자신을 갉아먹으며 지쳐갈 즈음, 최선을 다하고 열심히 살아도 아무것도 되어 있지 않은 저를 보게 되었습니다. 앞만 보고 달리느라 곁에 있던 소중한 사람을 잃는지도 몰랐습니다. 무언가 큰 걸 이루고 대단한 사람이 될 거라는 헛된 희망을 내려놓은 뒤에야 주위 사람들이 눈에 들어왔습니다.

많은 걸 가지고 완벽한 삶을 사는 사람도 채울 수 없는 결핍이 있음을 알았습니다. 많은 걸 가진 게 아니라 제가 갖지 못한 걸 가졌을 뿐이고, 완벽한 삶이 아니라 완벽해 보이는 것일 뿐입니다. 누구나 결핍은 있고

지독한 결핍은 어떠한 방법으로도 채울 수 없다는 걸 인정하고 나니, 마음에 사랑이 자라기 시작했습니다.

삶이 힘겨운 당신에게 저의 사랑이 담긴 글을 전하고 싶습니다. 결핍을 채워줄 수는 없겠지만, 시간과 마음을 들여 쓴 글로 지친 마음을 안아줄 수 있을 거라 여깁니다. 턱밑까지 차오르던 숨을 고르고 주위를 둘러보니, 세상을 어떻게 살아가야 하는지도 깨달았습니다. 인생은 긴 마라톤과 같아서 최선을 다해 달리기보다 느리더라도 저마다의 속도로 멈추지 않고 달리면 되는 것입니다.

마음먹은 대로 살 수만 있다면 얼마나 좋을까요. 현실이라는 벽에 부딪혀 사는 게 지독하게 싫던 날에는 생에 마침표를 찍으려고 했습니다. 그러나 마침표도 마음대로 찍을 수 있는 게 아니었습니다. 그러던 중 불현듯 하나의 문장부호가 떠올랐습니다. 그것은 마침표를 닮은 쉼표입니다. 그 뒤로 마침표가 필요한 순간마다 쉼표를 택하게 되었습니다. 너무 힘들 땐 잠시 쉬어가도 괜찮은 것이니까요.

글을 쓰기 시작한 지 일 년이 되던 어느 날, 아버지의 말씀이 쉼표를 들썩이게 했습니다. 아버지는 여러 작가의 성함을 언급하며 작품에 대해 말씀하시다가, "작가란 말이다. 글로 대중 앞에 서는 사람이 아니냐. 글이란 아무리 잘 썼다고 해도 좋은 글만 있지 않고, 아무리 못 썼다고 해도 나쁜 글만 있지 않다. 네가 쓴 글을 읽고 누군가 쓴소리를 하더라도 다 끌어안을 줄 알아야 해. 생각해보면 감사한 일이지. 네 글을 읽지 않았다면 쓴소리도 할 수 없는 거잖냐." 하고 덧붙이셨습니다. 그 말은, 많이 쉬었으면 이제는 일어서라는 말로 들려왔습니다.

이 책에는 평생 입 밖으로 꺼낼 수 없을 것만 같았던 고백이 담겨 있습니다. 저의 삶을 꺼내 놓을 수 있도록 용기를 준 건 아버지의 말씀이었습니다. 처음으로 글쓰기 수업에 나갔던 날, 선생님께서는 저의 원고를 보시고 "작가가 왔다. 작가가 될 게 아니라면 너의 삶에 찾아온 풍파를 어떻게 설명할 수 있겠어." 하고 말씀하셨습니다. 학창 시절 전교 꼴찌에서 두세 번째를 담당하던 제가 작가라니, 가당키나 한 말인가 싶어 부끄러움에 고개를 들지 못하고 그저 눈물만 흘렸습니다.

지울 수 없는 아픔과 상처가 있으신가요? 언젠가 그 아픔과 상처가 또 다른 길을 열어줄지 모릅니다. 제가 그러했듯이 상흔을 딛고 일어서는 것입니다. 대단한 작품을 쓴다거나 유명한 작가가 되려는 것 또한 저에게는 헛된 희망입니다. 헛된 희망을 품기보다 쓰는 사람이라는 본분을 지키며 독자를 배반하지 않고 품을 수 있는 작가가 되겠습니다.

그간 살아온 삼십팔 년의 삶을 돌이켜보니, 계획이 틀어진 날과 목표를 이루지 못한 날이 대부분이었습니다. 삼 년간 천 편 이상의 에세이를,

아버지와 나

일곱 편의 단편소설을, 사십 편에 달하는 시를 짓던 날에도 길은 보이지 않았습니다. 그럼에도 막연함을 안고 쉼표를 찍으며 꿋꿋이 어둠을 걸었습니다. 누군가 곁에 있어 주었기에 가능한 일이었습니다.

　인간관계에 들이는 시간과 노력이 아깝다고 말하는 시대입니다. 그러나 사람만큼 사회적인 동물은 없습니다. 지난 일 년간 사람에게 받은 배신과 실망감으로 사람을 미워하고 피하다 보니 우울증과 사회 불안증이라는 결과를 얻게 되었습니다. 사람을 만나고 싶어도 눈을 제대로 마주치지 못하고, 낯선 장소에서 심한 불안감을 느껴, 길을 헤매는 실수를 자주 했습니다. 사람과의 단절로 어떤 날에는 모국어조차 자연스럽게 말하지 못하는 저를 보았습니다.

　무언가를 하고 싶은 마음이 들게 하는 건 욕심, 욕망, 결핍, 욕구, 희망처럼 다양하지만 나아가게 하는 건 곁에 있는 소중한 사람 덕분입니다. 잘난 사람은 그렇게 보일 뿐, 누구나 결핍이 있다는 걸 알고 나면 사랑하지 못할 사람은 없습니다. 서로를 위해 인연을 놓아주는 것도 사랑의 다른 형태입니다. 누군가를 미워하며 손절(노력해도 될 가능성이 낮은 상황일 경우 노력을 포기하고 자신의 에너지를 절약하는 행위를 뜻하는 은어)하기보다, 좋았던 기억을 떠올리며 안녕을 빌어주는 건 어떠할까요.

　십 년 전부터 가슴에 품고 살아온 인생의 모토가 있습니다. 그것은 '절망도 희망도 없이 담담하게'입니다. 절망 속에서도 꽃은 피어나고, 희망 속에도 어둠이 드리우는 게 인생이라면, 그저 하루하루를 담담하게 살아내면 되지 않을까 합니다.

이 책을 집필하면서 많은 분의 도움을 받았습니다. 엄마로 아내로 사느라 저를 잊고 살아서, 언제 마지막으로 이름이 불려보았는지 기억이 나질 않습니다. 글쓰기를 지도해 주시고 작가의 길을 열어 주신 분들의 성함을 호명해 드리고 싶습니다.

시골 책방 생각을담는집 대표 임후남 선생님, 북크루와 도서출판 정미소 대표이자 사회문화평론가 김민섭 작가님, 미다스북스 류종열 대표님과 명상완 실장님 그리고 이다경 편집장님 외 미다스북스 가족 모두에게 진심으로 고개 숙여 감사 인사를 드립니다.

사랑합니다.
저의 손을 잡아준 당신의 고운 손을 많이 사랑합니다.